鲁·迅·信·札·丛·编

# 鲁迅致台静农信札

黄乔生⊙编

辽宁美术出版社

**图书在版编目（CIP）数据**

鲁迅致台静农信札 / 黄乔生编. — 沈阳：辽宁美术出版社，2021.3

（鲁迅信札丛编）

ISBN 978-7-5314-8619-0

Ⅰ. ①鲁… Ⅱ. ①黄… Ⅲ. ①鲁迅书简—书信集 Ⅳ. ①I210.7

中国版本图书馆CIP数据核字（2020）第186067号

---

出 版 者：辽宁美术出版社

地　　址：沈阳市和平区民族北街29号　邮编：110001

发 行 者：辽宁美术出版社

印 刷 者：辽宁新华印务有限公司

开　　本：889mm × 1194mm　1/16

印　　张：11.5

字　　数：160千字

出版时间：2021年3月第1版

印刷时间：2021年3月第1次印刷

责任编辑：时祥选

美术编辑：张　畅　张　玥

封面设计：留白文化 · 郝　强

责任校对：郝　刚

书　　号：ISBN 978-7-5314-8619-0

---

定　　价：88.00元

邮购部电话：024-83833008

E-mail：53490914@qq.com

http：//www.lnmscbs.cn

图书如有印装质量问题请与出版部联系调换

出版部电话：024-23835227

鲁　迅

台静农

# 前言

台静农与鲁迅关系亲密，归因于社会观念相通、文学风格契合和学术理路一致。他们从创立未名社时期相识到鲁迅逝世，十几年间友情不断加深。期间虽有几年中断了联系，但失而复得后，关系倍加亲密，其友情发展过程迥异于有些文学青年与鲁迅的始而浓烈，渐渐稀薄，终同路人，甚或反目成仇。鲁迅逝世后，台静农在抗战时期颠沛流离，备受艰辛，胜利后任教于台湾大学中文系。在台湾的几十年里，因时势所限，他极少参与有关鲁迅的纪念活动，文字上对鲁迅也几乎不着一笔，但内心深处珍藏着对鲁迅的爱戴和景仰，艺术创作和学术研究更或隐或现透出鲁迅的影响。

从鲁迅与台静农之间的通信，可以寻绎出一条友情发展和学术传承的线索。

## 一

一九二二年春，台静农从武汉到北京，在北京大学中文系旁听。除国学课程之外，他选了鲁迅的中国小说史课。一九二五年四月二十七日，台静农与张目寒一起拜访了鲁迅。台静农参加了以安徽同乡为骨干的未名社。他本来无意于创作，但因为韦素园的催促，做起小说来，成绩不俗，得到鲁迅赞赏。他的写家乡农民生活的《地之子》，步趋鲁迅，显示了中国现代『乡土文学』的实绩。鲁迅编《中国新文学大系·小说二集》，选入台静农作品四篇，数量与自己的作品相当。鲁迅在序言中对台静农的创作意图和心态做了生动的描述和积极的评价：

> 台静农是先不想到写小说，后不愿意写小说的人，但为了韦素园的奖劝，为了《莽原》的索稿，他挨到一九二六年，也只得动手了。《地之子》的后记里自己说——『那时我开始写了两三篇，

预备第二年用。素园看了，他很满意我从民间取材；他遂劝我专在这一方面努力，并且举了许多作家的例子。其实在我倒不大乐于走这一条路。人间的酸辛和凄楚，我耳边所听到的，目中所看见的，已经是不堪了；现在又将它用我的心血细细地写出，能说这不是不幸的事么？同时我又没有生花的笔，能够献给我同时代的少男少女以伟大的欢欣。』此后还有《建塔者》。要在他的作品里吸取『伟大的欢欣』，诚然是不容易的，但他却贡献了文艺；而且在争写着恋爱的悲欢，都会的明暗的那时候，能将乡间的死生，泥土的气息，移在纸上的，也没有更多，更勤于这作者的了。

未名社成员主要从事外国文学翻译，鲁迅在翻译方面同李霁野、韦素园联系较多。当台静农『无心插柳柳成荫』，成为创作家时，引起鲁迅格外的注意。这不难理解，因为鲁迅是兼创作、翻译和学术研究的。未名社成员延续鲁迅小说创作传统的，正是台静农。现存鲁迅藏书中，有两部台静农赠送的小说集，扉页上均有『呈鲁迅师』的字样。

但北京时期，两人通信很少，主要原因不言自明：同在北京，见面容易。

台静农保存的第一封鲁迅来信，写于一九二五年八月二十三日。台静农可能是听说鲁迅遭到北洋政府教育部的免职处分，致信询问情况，鲁迅回信告知，自己已就此事在平政院投了诉状。信中谈及的稿件《懊悔》是台静农的文章，交给《语丝》发表了。信封显示，台静农当时是从太原发出这封信的。

鲁迅离开北京到厦门和广州任教期间，与未名社成员就编辑出版事务的通信比较频繁。鲁迅关心莽原社和未名社的书刊出版和发行，还设法在广州开办书店，扩大销售。因为台静农在北京参与未名社工作，鲁迅给他的信中商量事情很细致。例如图书封面的设计，有一封信嘱咐道：『或用陶君所画者（未名社似有）亦可，请他自由决定。』这是指陶元庆为未名社出版的书籍设计的封面。有几封信所附图书校样或图版说明等，是很珍贵的资料。例如在一张外国作家的照片上，鲁迅写道：『此各处似乎还有阴影。

原图似乎没有如此之光滑，如刀切一样。』

鲁迅定居上海后，有一个时期，与台静农的通信减少，特别是一九二八到一九三二年之间，几乎不通音讯。其原因，可能是台静农因思想左倾，在北方屡遭禁锢，颠沛流离，生活无着，甚至有生命危险，因此不愿连累鲁迅，主动与鲁迅切断联系。从一九三二年四月二十三日鲁迅写给台静农信中可知，他与未名社其他成员也长期失去联系：『先前之未名社中人，我已无一个知道住址了。社址大约已取消，无法可转。今日始在无意中得知兄之住址，甚喜。』

恢复通信后，两人的关系进入密切期。鲁迅当年回北平省亲，受到台静农等友人的热情接待。鲁迅在给许广平的信中称赞道：『我到此后，紫佩，静农，寄野，建功，兼士，幼渔，皆待我甚好，这种老朋友的态度，在上海势利之邦是看不见的。』在北平期间鲁迅多次发表演讲，台静农担任联络人和组织者，几乎全程陪同。鲁迅离开北平那天，台静农到车站送行。

一九三四年七月二十六日，台静农在北平被国民党当局逮捕，八月二十六日和二十七日，鲁迅在千爱里避难地两次接待专为此事自津抵沪的李霁野，同意致函蔡元培设法营救。在鲁迅等的帮助下，台静农于一九三五年一月获释。

从鲁迅日记中可以查到不少关于台静农来信的记载，但这些信件都已不存，因为鲁迅曾经多次销毁过友朋尤其是与左翼文坛相关人士来札。未名社成员韦素园病逝后，台静农等曾写信给鲁迅，希望收集韦素园写给他的信，作为纪念。鲁迅回信道：『说起信来，我非常抱歉。他原有几封信在我这里，很有发表的价值的，但去年春初我离开寓所时，防信为别人所得，使朋友麻烦，所以将一切朋友的信全都烧掉了，至今还是随得随毁，什么也没有存着。』台静农早期给鲁迅的信恐怕也遭受了同样的命运。目前所能见到的台静农致鲁迅信，仅存一封信和另一封信的附件——一张他替鲁迅购买的汉画像的目录。

今天人们只能从鲁迅的去信中揣摩台静农来信的内容了。

台静农保存鲁迅文稿和书信十分用心。鲁迅一九二三年十二月在女高师文艺会讲演《娜拉走后怎样》，学生的记录稿发表在一九二四年女高师《文艺会刊》，鲁迅校正定稿发表于同年八月一日《妇女杂志》第十卷第八号，后来收入《坟》。台静农把鲁迅手写定稿裱为长卷，精心保管。抗日战争期间，他虽辗转多地，生活艰难，却始终与这份手稿不离不弃，还时时拿出来供学界同仁欣赏，这从手稿后面诸多名家题跋中可以概见。

一九三四年，台静农把鲁迅来信装裱成册，以为珍藏，并把此事报告鲁迅。鲁迅一九三四年二月十五日回信，谦虚地说：『我的信竟入于被装裱之列，殊出意外，遗臭万年姑且不管，但目下之劳民伤财，为可惜耳。』鲁迅逝世后，台静农把装裱成册的四十封信献给鲁迅全集编辑委员会，为编辑鲁迅书信做出了贡献。

台静农是最早编辑鲁迅研究著作的人。他在《关于鲁迅及其创作》序言开头说：『我在最近的期间，约有一月工夫，能将这几年来一般人士对于鲁迅先生及其著作的观察，感想和批评搜集起来，这在我是一件很能慰心的事，因为我完成了我所愿意完成的一部分工作，虽然我并不知道别人对于这事的意见如何。』这本书一九二六年七月由未名社出版。

## 二

二十世纪二十年代末，鲁迅写给台静农的信，阐述观点，抨击时弊，月旦人物，表达情感，语气间是把台静农当作亲近朋友的。

鲁迅一九二七年九月二十五日辞谢诺贝尔文学奖提名的信，是鲁迅致台静农信件中被提及较多的一封。台静农是受刘半农委托，询问鲁迅是否同意被提名为诺贝尔文学奖候选人的。应该说，鲁迅的复信不是一封私信，因为他写信时心中至少还有一个假想的读者即刘半农，并且刘半农还会把信的内容传达给斯文·赫定等人。今天我们读鲁迅这封信，虽然对鲁迅没有获得诺贝尔奖感到遗憾，但对信中丰富的信息以及鲁迅严正的态度产生深刻的印象。鲁迅的理性和自知之明，对『时贤』的辛辣讽刺，对『翰林文字』的警惕，对自由书写状态的坚守，发人深思。

鲁迅文字的批评锋芒，在给友朋的信中在在显示出来，即便对较为亲密的朋友，有时也不客气。他对社会的弊端提出严厉批评，众所周知。这里只举出有关品评人物的一两个事例。他和郑振铎合编的《北平笺谱》出版后，销行不错，首印一百部很快售罄。其中有若干本，鲁迅是打算送给朋友的，曹靖华是受赠者之一。但郑振铎在办理此事时不十分得力。鲁迅在信中批评道：『印书小事，而郑君乃作如此风度，似少函养，至于问事不报，则往往有之，盖不独对于靖兄为然也。』（一九三三年十二月二十七日）因为台静农问及编写中国文学史的意见，鲁迅对郑振铎在这个领域的成果加以批评：『郑君治学，盖用胡适之法，往往恃孤本秘笈，为惊人之具，此实足以炫耀人目，其为学子所珍赏，宜也。我法稍不同，凡所泛览，皆通行之本，易得之书，故遂孑然于学林之外，《中国小说史略》而非断代，即尝见贬于人。……郑君所作《中国文学史》，顷已在上海豫约出版，我曾于《小说月报》上见其关于小说者数章，诚哉滔滔不已，然此乃文学史资料长编，非「史」也。但倘有具史识者，资以为史，亦可用耳。』（一九三二年八月十五日）还有一封信回答台静农关于《北平笺谱》书写序言和题签事宜的询问，对刘半农和钱玄同这两位五四时期的老战友也不客气地指责道：『郑君来函问托天行或容某（忘其名，能作简字），以谁为宜，我即答以不如托天行，因是相识之故。至于不得托金公执笔，亦诚有其事，但系指书签，盖此公夸而懒，又高自位置，托以小事，能拖延至一年半载不报，而其字实俗媚入骨，无足观，犯不着向悭吝人乞烂铅钱也。关于国家博士，我似未曾提起，因我未能料及此公亦能为人作书，惟平日颇嗤其摆架子，或郑君后来亦有所闻，因不复道耳。』（一九三三年十二月二十七日）郑君，指郑振铎；金公，是钱玄同（金心异、金立因）；国家博士指刘半农，因其曾在法国获得博士学位；天行，是魏建功。后来《北平笺谱》请魏建功书写了鲁迅的序言，郭绍虞书写郑振铎的序言，沈尹默题签。

委托办事，是鲁迅致台静农信札的另一个主要内容。一九三二年六月十八日，鲁迅收到台静农代购的《王忠悫公遗集》一函。他还曾托台静农寻找报刊文章：『闻胡博士有攻击民权同盟之文章，在北平报上发表，兄能觅以见寄否？』（一九三三年三月一日）一九三三年三月二十五日的信中，他还托台静农把自己编辑的《萧伯纳在上海》分送在北平的朋友们。

书信中更多的是鲁迅对台静农生活和事业的关心。他把自己的亲身经历告知比自己年轻的朋友，以为借鉴。当他得知台静农要到厦门大学工作，复信建议说：『厦门亦非好地方，即成，亦未必能久居也。向暨大曾一问，亦不成，上海学校，亦不复有干净土，尚当向他处一打听也。』（一九三五年七月二十二日）随后又去信说：『厦门不但地方不佳，经费也未必有，但既已答应，亦无法，姑且去试试罢。』（一九三五年八月十一日）果然，台静农在厦门大学也不惬意，鲁迅又去信与他交流经验道：『十一日信收到，知所遇与我当时无异，十余年来无进步，还是好的，我怕是至少是办事更颓唐，房子更破旧了。』（一九三五年九月二十日）在纷繁复杂的政坛文坛斗争中，鲁迅常以过来人的身份给台静农以指点，如一九三六年五月七日的信说：『「第三种人」已无面目见人，则驱戴望舒为出面腔，冀在文艺上复活，远之为是。』

鲁迅晚年偶作旧体诗，抒发情怀，并作为表达友情的一种方式。他曾几次赠诗给台静农，如一九三三年一月二十六日为贺新年抄录自作诗一首：『云封高岫护将军，霆击寒村灭下民。依旧不如租界好，打牌声里又新春。申年元旦开笔大吉并祝静农兄无咎。』一九三四年三月十六日又写：『横眉岂夺蛾眉冶，不料仍违众女心。诅咒而今翻异样，无如臣脑故如冰。』台静农在北平与启功等交游，研习书法，有时写信向鲁迅求字。鲁迅一九三二年十二月十三日信中说，『又字一卷，不知已收到否？字写得坏极，请勿裱挂，为我藏拙也。』后来，台静农在书法方面很有建树，而且旧体诗也颇当行，说与鲁迅的熏陶有关，恐怕不算夸张。

尤其值得注意的是鲁迅逝世前三天写给台静农的最后一封信。信中谈到自己的病和自己正在做的事，谈到文坛的斗争，谈到上海的文化环境，从中可见鲁迅心中郁积一股愤懑之气。但鲁迅又声明，他与人斗争，是为了世道人心，不是在贪图个人名利，也非闹情绪争意气：『我鉴于世故，本拟少管闲事，专事翻译，藉以糊口，故本年作文殊不多，继婴大病，槁卧数月，而以前以畏祸隐去之小丑，竟乘风潮，相率出现，乘我危难，大肆攻击，于是倚枕，稍稍报以数鞭。此辈虽猥劣，然实于人心有害，兄殆未见上海文风，近数年来，竟不复尚有人气也。』（一九三六年十月十五日）洞明时世，心怀悲愤，而又态度积极，思欲更有作为，是鲁迅晚年生存状态的真实写照。台静农晚年蛰居台北温州街『歇脚庵』，常书写『人生实难　大道多歧』联语，或赠友朋，或自己欣赏。无疑，上联里闪现着鲁迅的影像。

## 三

台静农也是鲁迅的学术传人。

鲁迅写给台静农的信中，颇多关于学术研究的内容，主要关涉三个方面：

一是古籍校勘。鲁迅倾心魏晋文学，青年时代立志校勘《嵇康集》，用功甚勤，到定居上海时，已经校勘近十遍，但仍不满意。台静农深谙鲁迅的学术志向和旨趣，积极为鲁迅收集《嵇康集》版本。在阅读了台静农寄来的某个版本后，鲁迅复信说：『此书佳处，在旧钞；旧校却劣，往往据刻本抹杀旧钞，而不知刻本实误。戴君今校，亦常为旧校所蔽，弃原钞佳字不录，然则我的校本，固仍当校印耳。』（一九三五年九月二十日）台静农的寄赠，催促鲁迅在《嵇康集》校勘方面下了更多功夫，材料的充分和版本的完备，使他有信心将自己的校勘写定本拿出来，准备付印——虽然因为其他因素，鲁迅生前未能看到该书的出版。

二是南阳汉代画像石拓本的搜集。台静农在北京时期与鲁迅多有交往，了解鲁迅在收集和研究汉画像方面的成绩。他发现新拓本，就会报告鲁迅，引发鲁迅的兴趣：『也许见过若干，但很难说，因为购于店头，多不明出处也，倘能得一全份，极望。《汉圹专集》未见过，乞寄一本。』（一九三五年八月十一日）可以说，台静农寄给鲁迅的一本《南阳画象访拓记》，是鲁迅接续搜集汉画像前缘的一个重要触媒。鲁迅立即着手南阳汉画像石拓印工作：『关于石刻事，王冶秋兄亦已有信来，日内拟即汇三十元去，托其雇工椎拓，但北方已冷，将结冰，今年不能动手亦未可料。印行汉画，读者不多，欲不赔本，恐难。南阳石刻，关百益有选印本（中华书局出版），亦多凡品，若随得随印，则零星者多，未必为读者所必需，且亦实无大益。而需巨款则又一问题。』（一九三五年十一月十五日）

从信中可知，关于汉画像，鲁迅早已拟定了研究和出版计划：『我陆续曾收得汉石画象一箧，初拟全印，不问完或残，使其如图目，分类为：一，摩厓；二，阙，门；三，石室，堂；四，残杂（此类最多）。材料不完，印工亦浩大，遂止；后又欲选其有关于神话及当时生活状态，而刻划又较明晰者，为选集，但亦未实行。南阳画象如印行，似只可用选印法。』（一九三五年十一月十五日）一九三四年六月九日的信中也讲到汉画像的集印问题：『对于印图，尚有二小野心。一，拟印德国版画集，此事不难，只要有印费即可。二，即印汉至唐画象，但唯取其可见当时风俗者，如游猎，卤簿，宴饮之类，而著手则大不易，五六年前，所收不可谓少，而颇有拓工不佳者，如《武梁祠画象》，《孝堂山画象》，《朱鲔石室画象》等，虽具有，而不中用；后来出土之拓片，则皆无之，上海又是商场，不可得。』这项工作相当烦难，鲁迅没有助手，只能自己经营，颇为吃力。为了搜集汉画像拓片，不得已时，他只好请台静农这样懂行的好友来协助：『济南图书馆所藏石，昔在朝时，曾得拓本少许，闻近五六年中，又有新发见而搜集者不少，然我已下野，遂不能得。兄可否托一机关中人，如在大学或图书馆者，代为发函购置，实为德便。』（一九三四年六月十八日）有时，鲁迅也会在信中讲述自己的研究心得，与台静农切磋琢磨。一九三五年五月十四日的信中论及『君车』等拓片：『「君车」画象确系赝品，似用砖翻刻，连篁斋印也是假的。原刻之拓片，还要有神彩，而且必连碑阴，乃为全份。又包中之《曹望憘造象》，大约也是翻刻的，其与原刻不同之处，见《校碑随笔》。』

鲁迅的这些托付和商讨，对台静农此后的学术生涯也很有帮助。从鲁迅的学问文章中，台静农感悟颇多。台静农兼具文学创作和学术研究才能，他也遇到了鲁迅曾遇到的问题：是搞创作，还是搞学术？一九三二年六月十八日，鲁迅在给他的信中有这样的话：『兄如作小说，甚好。』但靠写小说卖文为生，在鲁迅尚感吃力，对台静农而言更不可能。养家糊口的现实考量最终决定了台静农的职业取向。鲁迅有一时鼓励台静农专心学术研究：『兄蛰伏古城，情状自能推度，但我以为此亦不必侘傺，大可以趁此时候，深研一种学问，古学可，新学亦可，既足自慰，将来亦仍有用也。』（一九三三年十二月二十七日）鲁迅曾透露自己的两个学术计划，一个是编纂《中国字体变迁史》，一个是编撰《中国文学史》。他担任厦门大学教授时，讲授《中国文学史》，因为时间短，讲义只写到汉代，后来整理出版了《汉文学史纲要》。台静农很关心鲁迅这中国文学史的学术计划，一九二八年初致信有所询问，鲁迅于二月二十四日回复道：『中国文学史略，大概未必编的了，也说不出大纲来。我看过已刊的书，无一册好。只有刘申叔的《中古文学史》，倒要算好的，可惜错字多。』其实，鲁迅并未放弃这个研究项目，一九二九年六月一日回北平省亲期间写信给许广平说：『我也对于自己的坏脾气，时时痛心，想竭力的改正一下。我想，应该一声不响，来编《中国字体变迁史》或《中国文学史》了。』

因此，鲁迅和台静农通信讨论学术的第三项，就是在《中国文学史》的研究。

鲁迅英年早逝，未及完成自己的学术计划。多年后，台静农发愿研究中国文学史。抗日战争结束后，台静农到了台湾，创建台湾大学中文系，担任系主任二十多年。他在中文系任教几十年，培养了大量人才，个人著述的重要一项，就是编纂《中国文学史》。因两岸阻隔，直到终老，台静农未能再回大陆。他去世后，他的弟子将讲义整理出版——他在有生之年，没有见到《中国文学史》的印行。

就鲁迅研究而言，没有台静农等亲炙过鲁迅的学者参与，是一个极大的遗憾。如果有像他这样深知鲁迅、博通典籍的学者参与，或者不至于最近几年才陆续出版鲁迅留下的约六千张金石拓片。

黄乔生

二〇一七年七月二十六日

# 目录

## 一九二五年



## 一九二七年



## 一九二八年



## 一九三二年

## 附 录

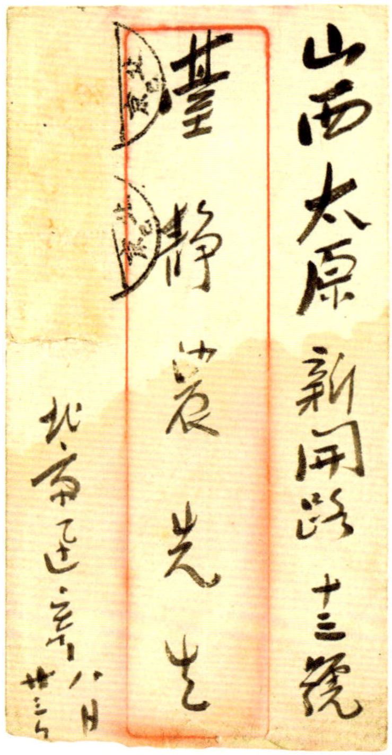
山西太原新開路十三號
臺静農先生

# 一九二五年

八月／二十三日

八月二十三日

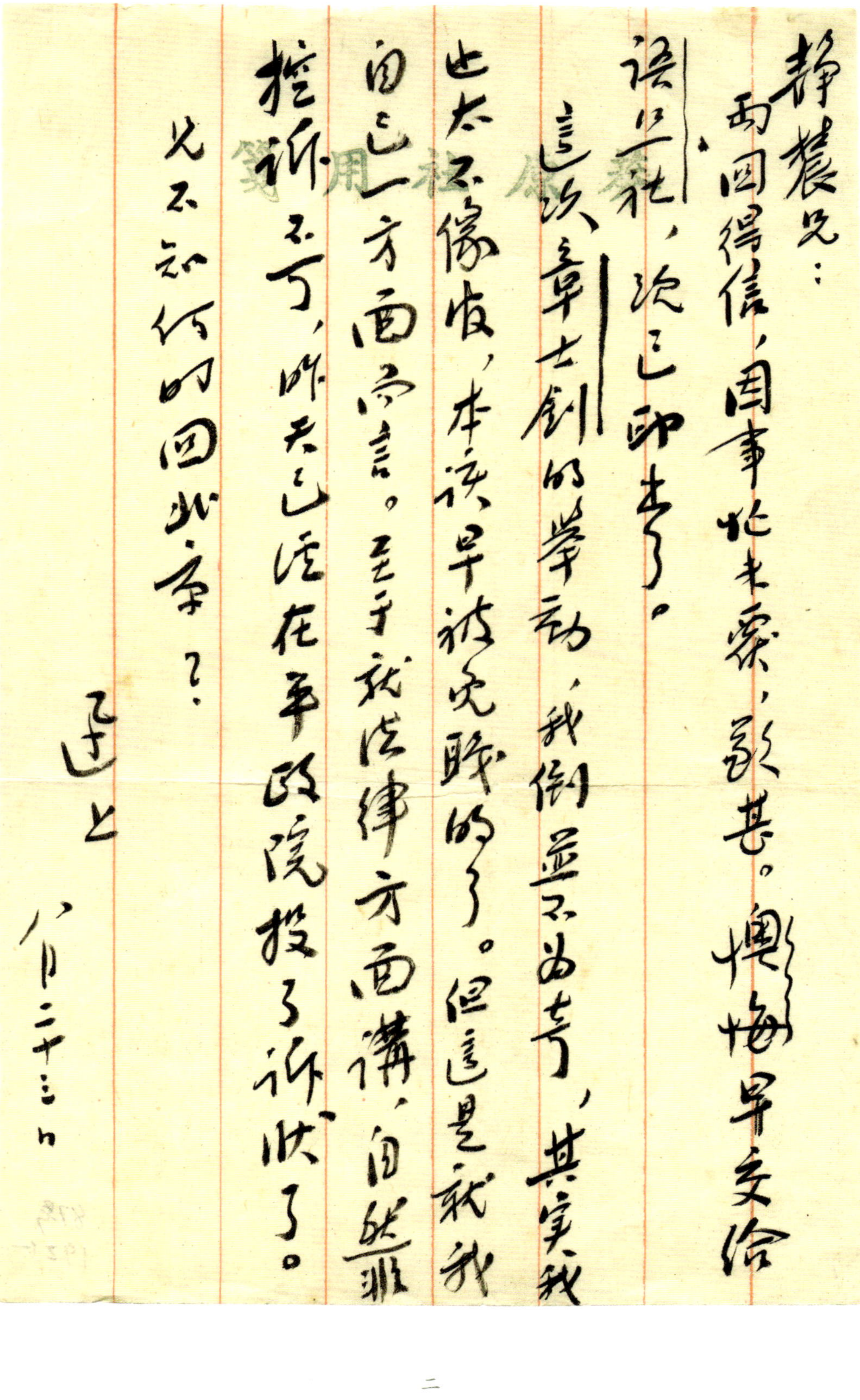

静農兄：

兩回得信，因事忙未覆，歉甚。惟悔早交給語絲社，現已印出了。

這次章士釗的舉動，我倒並不為奇，其實我也太不像官，本該早被免職的了。但這是我自己一方面的話。至於就法律方面講，自然非控訴不可，昨天已經在平政院投了訴狀了。

兄不知何時回北京？

迅上

八月二十三日

## 释文

静农兄：

两回得信，因事忙未复，歉甚。《懊悔》早交给语丝社，现已印出了。

这次章士钊的举动，我倒并不为奇，其实我也太不像官，本该早被免职的了。但这是就我自己一方面而言。至于就法律方面讲，自然非控诉不可，昨天已经在平政院投了诉状了。

兄不知何时回北京？

迅 上 八月二十三日

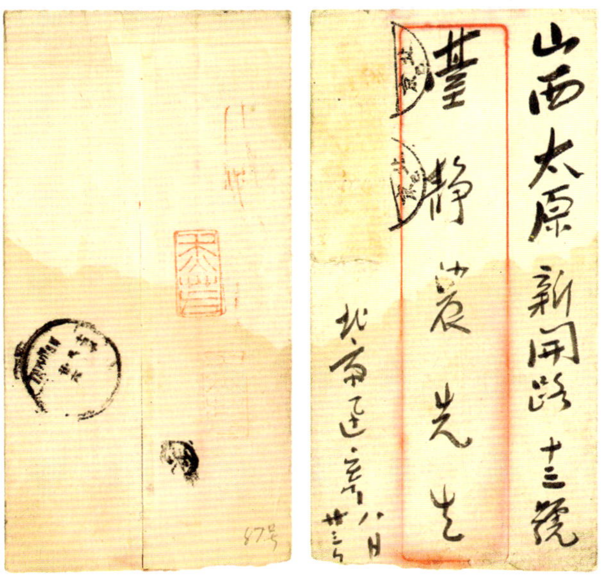

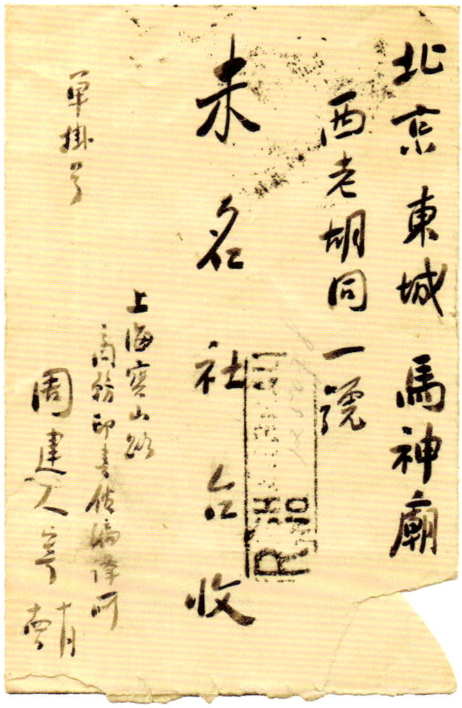
北京東城馬神廟
西老胡同一號
未名社 台收
上海寶山路
商務印書館編譯所
周建人寄
單掛號

# 一九二七年

四月／九日

六月／三十日

九月／二十二日 二十五日

十月／四日 十四日

四月九日

静農兄：

三月廿三日來信，今天收到了。至于「前信」，我大都已收到而忘，因為我在開學之初，太忙，遺忘了許多別的事情。

《莽原》稿子，已于四日寄去一篇，可分兩期登，此後只要有暇，當或譯或作。第五六期，我都沒有收到，第一期收到四本，第二期兩本，第三四期沒有，但我從書賈的那二十本中見過了。

《白茶》，《君山》，《黑假面人》一出版，請即寄各二十本來。此外還有需要的書，詳今晨所寄的寄霽野（由未名社轉）信中，望寄照付郵。莽原合本，未問的人還不多。其實這期刊在此地是行銷的，只是沒有處買。第二卷另本，也都售罄，可以將從第一期至最近出版的一期再各寄十本來，但以掛號為穩，因此地郵路，似頗腐敗也。（以後每期可寄卅本）

象牙之塔出再版不妨遲，我是說過的，意思是在可以移本錢去印新稿。但如有印資，何必不遲。其中似有錯字，須改正，請寄校舊者一本來，看過寄還，即可付印。

墳事並提我要插畫數張，自己搜集。但現在無暇，當略遲。

我的最近照相，只有去年冬天在廈門所照的一張，坐在一个墳的祭臺上，四（未名社似有）面都是墳（廈門的山，幾乎都如此）日內當寄上，請轉交柏君。或用陶君所畫者也，可請他自由決定。

迅

四，九，夜

释文

静农兄：

三月廿三日来信，今天收到了。至于『前信』，我忘却了收到与否，因为我在开学之初，太忙，遗忘了许多别的事情。

《莽原》稿子，已于四日寄出一篇，可分两期登；此后只要有暇，当或译或作。第五六期，我都没有收到，第一期收到四本，第二期两本，第三四期没有，但我从发卖的二十本中见过了。

《白茶》，《君山》，《黑假面人》一出版，望即寄各二十本来。此外还有需要的书，详今晨所发的寄霁野信由未名社转中，望参照付邮。《莽原》合本，来问的人还不少。其实这期刊在此地是行销的，只是没有处买。第二卷另本，也都售罄，可以将从第一期至最近出版的一期再各寄十本来，但以挂号为稳，因此地邮政，似颇腐败也。（以后每期可寄卅本）

《象牙之塔》出再版不妨迟，我是说过的，意思是在可以移本钱去印新稿。但如有印资，则不必迟。其中似有错字，须改正，望寄破旧者一本来，看过寄还，即可付印。

《旧事重提》我想插画数张，自己搜集。但现在无暇，当略迟。

我的最近照相，只有去年冬天在厦门所照的一张，坐在一个坟的祭桌上，后面都是坟（厦门的山，几乎都如此）。日内当寄上，请转交柏君。或用陶君所画者未名社似有亦可，请他自由决定。

迅 四，九，夜

六月三十日

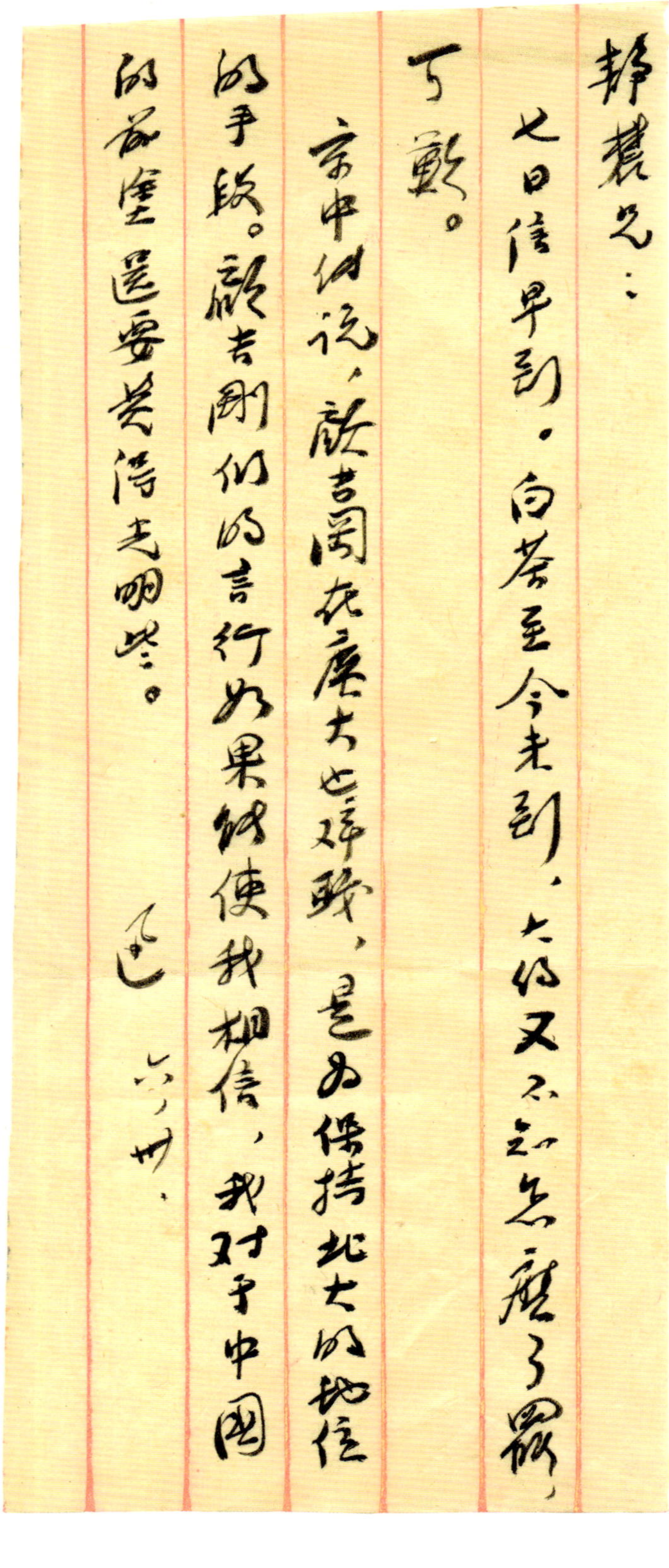

静农兄：

七日信早到。白莽至今未到，大约又不知怎么了罢，可叹。

京中们说，颉刚在广大也辞职，是为保持北大的地位的手段。颉刚们的言行如果能使我相信，我对于中国的前途还要看得光明些。

迅 六，卅。

释 文

静农兄：

七日信早到。《白茶》至今未到，大约又不知怎么了罢，可叹。

京中传说，顾吉刚在广大也辞职，是为保持北大的地位的手段。顾吉刚们的言行如果能使我相信，我对于中国的前途还要觉得光明些。

迅 六，卅。

九月二十二日

靜農
霽野 兄：
《朝華夕拾》後記已寄上，想已到。
靜農兄九月八日信，前天收到了。小說要去，很好。
可寄上海北新李小峰收轉，與來信同。
這里的生活費太貴，大去船已有，我想于月底動身
了，到上海去。那邊較便當，或者也可以賣些文章。這
里是什麼都不知道。可看的刊物也沒有。
先前是時時想走，現在收拾行李（有十來件），討厭
極了。《莽原》久不做了。現在寫了一點，今寄上。以後想
寫幾回這樣的東西
附上的照相，是一月前照的，只有七張，要，請送人去。

如已无用，便中希送还，以续写。

前回来信说寄来的二十四本之数之中，有我本送维钧的。我即函询那几种，然无回信，大约我的信失落了。今仍希告我，以便先行邮送。因为带着走，不大便当。

我们好，请勿念。我想，上船之期，大约本月廿八九罢。

此地无甚也，凉起来了，有些秋意。

密斯朱寿恒闻已结婚。今年的岭南大学，听说腐极了，学生好又喜衣装若议论的，我得离开。以回中国，日本了。

迅

九，二十二夜。

## 释文

静农
霁野 兄：

《朝花夕拾》改定稿，已挂号寄上，想已到。

静农兄九月八日信，前天收到了。小说要出，很好。可寄上海北新李小峰收转。来信同。

这里的生活费太贵，太古船已有，我想于月底动身了，到上海去。那边较便当，或者也可以卖点文章。这里是什么都不知道。可看的刊物也没有。

先前是时时想走，现在是收拾行李（有十来件，讨厌极了），《莽原》久不做了。现在写了一点，今寄上。以后想写几回这样的东西。

附上四张照相，是一月前照的，R女士如要，请交去。如已无用，便中希送西三条寓。

前回来信说寄来的《二十四孝》之类之中，有几本是维钧兄的。我即函询那几种，终无回信，大约我的信失落了。今仍希告我，以便先行邮还。因为带着走，不大便当。

我很好，请勿念。我想，上船之期，大约本月廿八九罢。

此地居然也凉起来了，有些秋意。

密斯朱寿恒闻已结婚。今年的岭南大学，听说严极了，学生及职教员好发议论的，就得滚蛋。收回中国自办了。

迅 九，二十二夜。

静农兄：

九月十七日来信收到了。请你转致半农先生，我感谢他的好意，为我，为中国。但我很抱歉，我不愿意如此。

诺贝尔赏金，梁启超自然不配，我也不配，要拿这钱，还欠努力。世界上比我好的作家何限，他们得不到。你看我译的那本小约翰，我那里做得出来，然而这作者就没有得到。

或者我所便宜的，是我是中国人，靠着这「中国」两个字罢，那么，与陈焕章在美国做「孔门理财学」而得博士无异了，自己也觉得好笑。

我觉得中国实在还没有可得诺贝尔赏金的人，瑞典最好是不要理我们，谁也不给。倘因为黄色脸皮人，格外优待从宽，反足以长中国人的虚荣心，以为真可与别国大作家比肩了，结果将很坏。

我眼前所見的依然黑暗，有些疲倦，有些頹唐，此後能否創作，尚在不可知之數。倘這事成功，而從此不再動筆，對不起人；倘再寫，也許變了翰林文字，一無可觀了。還是照舊的沒有名譽而窮之為好罷。

未名社出版物，在這裏有信用，但是銷路仍不多。讀書的人，多半是看時勢的，去年郭沫若書頗行，今年上半年我的書頗行，現在是大賣戴季陶講演錄了（蔣介石的也行了一時）。這裏的書，要作者親到而鬧才好，就如江湖上賣膏藥者，必須將老虎骨頭掛在旁邊似的。

還有一些瑣事，詳寄季野信中，不贅。

迅 上

九月二十五日

## 释文

静农兄：

九月十七日来信收到了。请你转致 半农先生，我感谢他的好意，为我，为中国。但我很抱歉，我不愿意如此。

诺贝尔赏金，梁启超自然不配，我也不配，要拿这钱，还欠努力。世界上比我好的作家何限。他们得不到。你看我译的那本《小约翰》，我那里做得出来，然而这作者就没有得到。

或者我所便宜的，是我是中国人，靠着这『中国』两个字罢，那么，与陈焕章在美国做《孔门理财学》而得博士无异了，自己也觉得好笑。

我觉得中国实在还没有可得诺贝尔赏金的人，瑞典最好是不要理我们，谁也不给。倘因为黄色脸皮人，格外优待从宽，反足以长中国人的虚荣心，以为真可与别国大作家比肩了，结果将很坏。

我眼前所见的依然黑暗，有些疲倦，有些颓唐，此后能否创作，尚在不可知之数。倘这事成功而从此不再动笔，对不起人；倘再写，也许变了翰林文字，一无可观了。还是照旧的没有名誉而穷之为好罢。

未名社出版物，在这里有信用，但售处似乎不多。读书的人，多半是看时势的，去年郭沫若书颇行，今年上半年我的书颇行，现在是大卖戴季陶讲演录了蒋介石的也行了一时。这里的书，要作者亲到而阔才好，就如江湖上卖膏药者，必须将老虎骨头挂在旁边似的。

还有一些琐事，详寄季野信中，不赘。

迅 上 九月二十五日

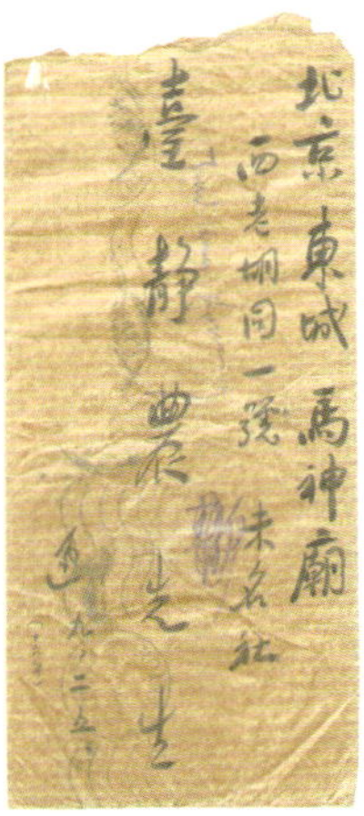

十月四日

静农
霁野兄：

昨天到上海，看见图样五张。蔼覃的照相，我以为做得很不好看。我记得原底子并不如此，还有许多阴影，且因因较为毛糙。这照原来重做一张。此张不要。我前信言削去边者，谓削去重照后之横边，非谓连阴影等皆削去之也。总之希重做一张，要依原来的样子。

此书封面及朝华夕拾书面，已托春台去画，成后即寄上。

于书之扉一页后面，希添上「孙福熙作书面」一行

我现住旅馆，两三日内，也许往西湖玩几天，再定何往。

迅 十，四。

## 释文

静农
霁野 兄：

昨天到上海，看见图样五张。蔼覃的照相，我以为做得很不好看。我记得原底子并不如此，还有许多阴影，且周围较为毛糙。望照原本重做一张，此张不要。我前信言削去边者，谓削去重照后之板边，非谓连阴影等皆削去之也。总之希重做一张，悉依原来的样子。

此书封面及《朝花夕拾》书面，已托春台去画，成后即寄上。于书之第一页后面，希添上『孙福熙作书面』一行。

我现住旅馆，两三日内，也许往西湖玩五六天，再定何往。

迅 十，四。

十月十四日

静农
霁野兄：

书账早已结好，和寄来的一张差不多。因为那边的邮局一时停止汇兑，所以一直压至现在。今从商务馆汇上八十元，请往琉璃厂一取（最好并带社印）。这样，我所经手的书款，就算是清结了。

小约翰及朝华夕拾两书面，本拟都托春台画，但他现在生病，所以只好先托其画小约翰的一张，而今尚未成。朝华夕拾第一页的（或作在书名页上）画，且勿印"孙福熙作书面"字样。

到此已将十日，不料熟人很多，应酬忙得很。邀我做事的地方也很有，但我想闭起门来，专事译著。狂飙社中人似乎很有许多在此，也想活动，而活动不起来，他们是自己讲话不信的。

这里已很冷了。报上说北京已下雪，想是真的。

来信仍由原处收转。

迅 十月十四

释文

静农
霁野 兄：

书账早已结好，和寄来的一张差不多。因为那边的邮局一时停止汇兑，所以一直迟至现在。今从商务馆汇上八十元，请往瑠琉［璃］厂一取（最好并带社印）。这样，我所经手的书款，算是清结了。

《小约翰》及《朝花夕拾》两书面，本拟都托春台画，但他现在生病，所以只好先托其画《小约翰》的一张，而今尚未成（成后即寄上）。《朝花夕拾》第一页的后面，且勿印『孙福熙作书面』字样。

到此已将十日，不料熟人很多，应酬忙得很。邀我做事的地方也很有，但我想关起门来，专事译著。

狂飙社中人似乎很有许多在此，也想活动，而活动不起来，他们是自己弄得站不住的。

这里已很冷了。报上说北京已下雪，想是真的。

来信仍由原处转。

迅 十月十四日

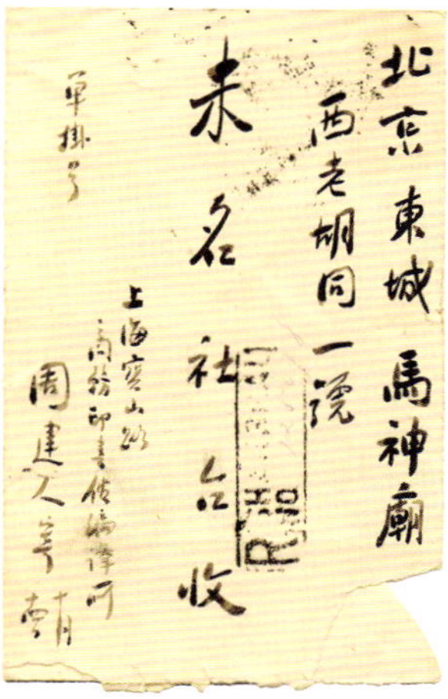

静农兄：

十五日信收到。你的小说，已看过，早交出去了。都可以用的。但「蟪蛄」之名，我以为不好。我也想不出好名字，你和霁野再想想罢。

中国文学史略，大概未必编的了，也说不出大纲来。我看过已刊的书，无一册好。只有刘申叔的中古文学史，倒要算好的，可惜错字多。

说起未名的事来，我常向霁野说过，即请在京的凤举先生写作文，如何呢？我离远了，偶有所作，都为近地的刊物逼去。宜所收到的印本，对之淡淡，也提不起兴趣来。我也常想过，倘移上海由我编印，则不消不

# 一九二八年

二月／二十四日

二月二十四日

静农兄：

十五日信收到。你的小说，已看过，于昨日寄出了。都可以用的。但「蟪蛄」之名，我以为不好。我也想不出好名字，你和霁野再想想罢。

中国文学史略，大概未必编的了，也说不出大纲来。我看过已刊的书，无一册好。只有刘申叔的中古文学史，倒要算好的，可惜错字多。

说起未名的事来，我只向霁野说过，即请在京的凤举先生写作文，如何呢？我虽走了，偶有所作，都为近地的刊物逼去。所收到的印本对，漠漠，也提不起兴趣来。我也曾想过，倘将上海由我编印，则不消不做，也許會動筆，且可略添些學生的譯稿。但有為難之處，一是我竟究是否久在上海，說不定；二是有些譯稿，須給譯費，因為這裡學生的生活很困難。我在上海，大抵譯書，間或作文；毫不教書，我很想脫離教書生活。心也靜不下，上海的情形，比北京複雜得多，攻擊法也不同，須一一對付，真是精極了。日前有友人對我說，西湖曼殊墳上題着一首七絕，下署我名，詩頗不通。今天得一封信，似是女人，說和我在「孤山別後」，不覺多日了……，但我自從搬家入京以後，至今未曾到過杭州。這些事情，常有，一不小心，也可以遇到危險的。曹譯煙袋，已收到，日內寄回，就付印罷，中國正缺少這一類書。

迅 二，二〇。

## 释文

静农兄：

十五日信收到。你的小说，已看过，于昨日寄出了。都可以用的。但『蟪蛄』之名，我以为不好。我也想不出好名字，你和霁野再想想罢。

中国文学史略，大概未必编的了，也说不出大纲来。我看过已刊的书，无一册好。只有刘申叔的《中古文学史》，倒要算好的，可惜错字多。

说起《未名》的事来，我曾向霁野说过，即请在京的凤举先生等作文，如何呢？我离远了，偶有所作，都为近地的刊物逼去。而且所收到的印本断断续续，也提不起兴趣来。我也曾想过，倘移上海由我编印，则不得不做，也许会动笔，且可略添此地学生的译稿。但有为难之处，一是我竟究［究竟］是否久在上海，说不定；二是有些译稿，须给译费，因为这里学生的生活很困难。

我在上海，大抵译书，间或作文；毫不教书，我很想脱离教书生活。心也静不下，上海的情形，比北京复杂得多，攻击法也不同，须一一对付，真是糟极了。日前有友人对我说，西湖曼殊坟上题着一首七绝，下署我名，诗颇不通。今天得一封信似是女人，说和我在『孤山别后，不觉多日了』，但我自从搬家入京以后，至今未曾到过杭州。这些事情，常常有，一不小心，也可以遇到危险的。

曹译《烟袋》，已收到，日内寄回，就付印罢，中国正缺少这一类书。

迅 二，二四。

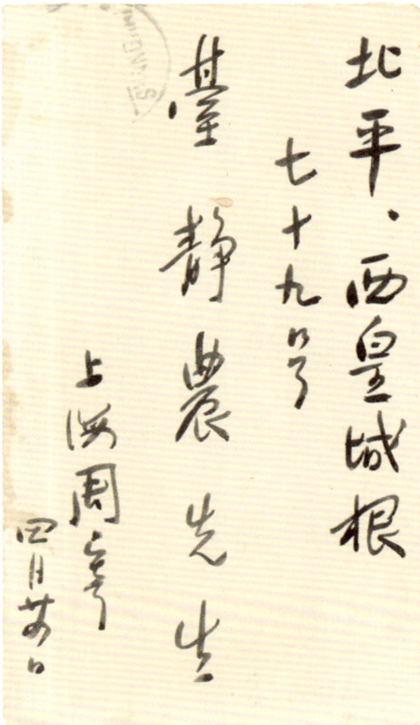

北平、西皇城根
七十九号
臺靜農先生
上海周寄
四月廿日

# 一九三二年

四月／二十三日

六月／五日 十八日

八月／五日 十五日

九月／二十八日

十一月／三十日

十二月／十三日

四月二十三日

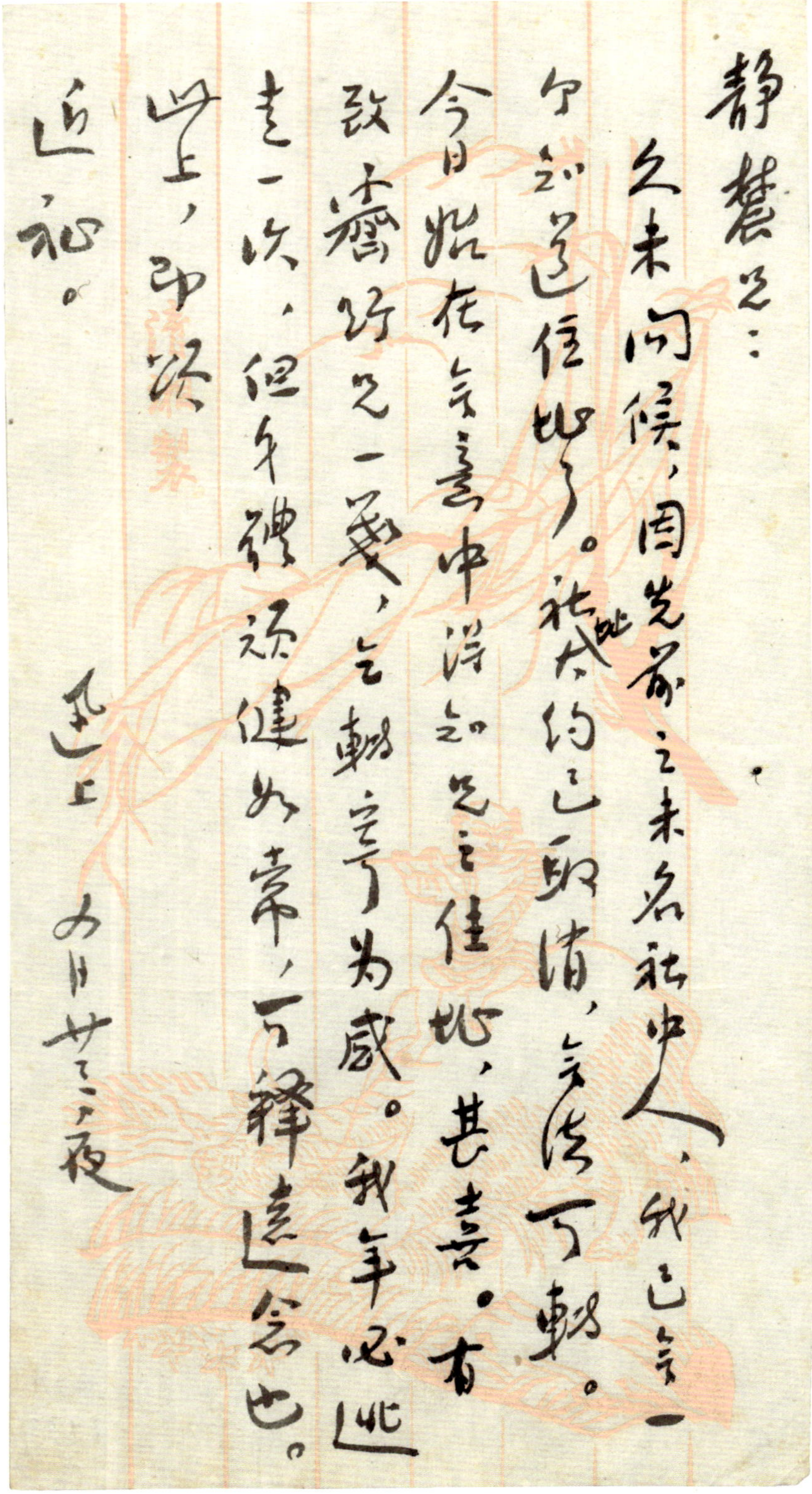

静农兄：

久未问候，因先前之未名社中人，我已无一知道住址了。社址大约已取消，无法可寄。今日始在无意中得知兄之住址，甚喜。有致霁野兄一笺，乞转寄为感。我年必北上一次，但年体颇健如常，可释远念也。

此上，即颂

近祉。

迅 上

四月廿三夜

## 释文

静农兄：

久未问候，因先前之未名社中人，我已无一个知道住址了。社址大约已取消，无法可转。今日始在无意中得知兄之住址，甚喜。有致霁野兄一笺，乞转寄为感。我年必逃走一次，但身体顽健如常，可释远念也。此上，即颂

近祉。

迅 上 四月廿三夜

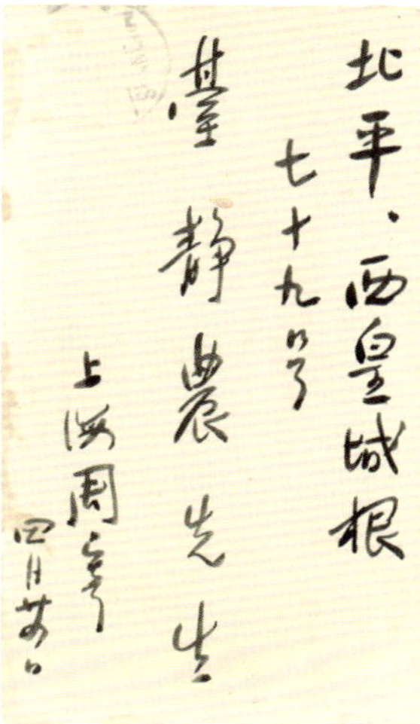

静农兄：

今日北新书店有人来，将以五月八日惠函见付，盖北新已非复昔日之北新，与一般敷衍，无人负责，因相距较远，我亦不常往，转寄之函，遂误者多矣。此后赐信，寄"北四川路底，施高塔路，内山书店转"，则入手可较速也。沪上实危地，杀机甚多，商业之种类甚多，人头亦系货色之一，贩此为活者，实繁有徒，幸存者大抵偶然耳。今年春适在火线下，目睹大戮，尤险，然竟得免，颇欲有所记叙，然而真所谓无从说起也。

中国旧籍亦尚富，上海亦有三四旧书店，价殊不昂于北平（此指我在北平时而言，近想未必大贬），故觅求并不困难。若其搜罗异书，摩挲旧刻，恐以北平为宜，然我非其类也，所闻大抵常如斯耳。惟前几年王忠悫公遗集出版时，因第一集太昂，置未买，而先后读其第二至四集，近全集印齐，即不零售，遂致我至今缺第一集。未知北平偶有此第一集可得否，倘有，乞为购寄，幸甚。

负担范围，实为大苦，我一生亦大半困于此事，以至头白，前年又生一孩子，责任更无了期矣。郑君锋铓太露而昧于中国社会情形，蹉跌自所难免。常惠建功二兄想仍在大学办事，时念及之。南游九年，于北平事情遂已一无所知，今春曾拟归省，但荏苒遂又作罢论也。此复，即颂

曼福。

迅上

六月五夜

静农兄：

今日北新书店有人来，始以五月八日惠函见付，盖北新已非复昔日之北新，如一盘散沙，无人负责，因相距较远，我亦不常往，转寄之函，迟误者多矣。后如赐信，寄『北四川路底，施高塔路，内山书店转』，则入手可较速也。

沪上实危地，杀机甚多，商业之种类又甚多，人头亦系货色之一，贩此为活者，实繁有徒，幸存者大抵偶然耳。今年春适在火线下，目睹大戮，尤险，然竟得免，颇欲有所记叙，然而真所谓无从说起也。

中国旧籍亦尚寓目，上海亦有三四旧书店，价殊不昂于北平（此指我在北平时而言，近想未必大贬），故购求并不困难。若其搜罗异书，摩挲旧刻，恐以北平为宜，然我非其类也，所阅大抵常本耳。惟前几年《王忠悫公遗集》出版时，因第一集太昂，置未买，而先陆续得其第二至四集，迨全集印齐，即不零售，遂致我至今缺第一集。未知北平偶有此第一集可得否，倘有，乞为购寄，幸甚。

负担亲族生活，实为大苦，我一生亦大半困于此事，以至头白，前年又生一孩子，责任更无了期矣。

郑君锋芒太露而昧于中国社会情形，蹉跌自所难免。常惠建功二兄想仍在大学办事，时念及之。南游四年，于北平事情遂已一无所知，今春曾拟归省，但荏苒遂又作罢也。此复即颂

曼福。

迅 上 六月五夜

六月十八日

静农兄：

六月十二日信于昨收到，今日收到王忠悫公遗集一函，甚感！！。小说两种，各两本，已于下午托内山书店挂号寄奉，想不久可到。两书皆自校自印，但仍为商店所欺，绩不偿劳，我非不知商人伎俩，但以惮于与若辈斤斤计较，故归根结蒂，还是失败也。铁流时有多数错订者，但非缺页，寄时不及检查，希兄一检，如有错订，乞自行改好，倘有缺页，则望见告，当另寄也。其他每一本可随便送人，因寄出本与两本部份相差无几耳。

北平所闻之事，我一无所知，只有唐君来告，始知书贾又在玩此伎俩，但亦无如之何。至于自印之二书，则用钱千元，而至今收回者只二百，三闲书屋亦只得从此关门。以后倘有余资，当印美术如"士敏土图"之类，使其无法翻印也。

兄如作小说，甚好。我在这几年中，作杂感亦有几十篇，但大抵以别种笔名发表。近将一九二八至二九年者为"三闲集"，已由北新在排印，三〇至三一年者為「二心集」，則終不願印行——雖持有種々理由，但由我看來，實因罵[illegible]之話太多之故，「北斗」上題「長庚」者，實為我作——現出版所尚未定，但倘甘於放棄版稅，則出版是很容易的。

「一二八」的事，可寫的也有些，但所見的還嫌太少，所以寫不寫還不一定；最可恨的是所聞的多不可靠，據我所調查，大半是謊說，連尋人廣告，也有自己去登，藉此揚名的。中國人將辦事和做戲太混為一談，而別人卻很切實，今天申報的「自由談」裏，有一篇「摩登式的救國青年」，其中的一段云——

「密斯張，紀念國恥，特地在銀樓裏定打一隻鐫着抗日救國四個字的紋銀匣子；伊是愛吃仁丹的，每逢花前，月下，……伊總在抗日救國的銀匣子裏，掏出幾粒仁丹來，慢慢地咀嚼。在嚼，在說：「女同胞聽者！休忘了九一八和一二八，經濟抗日救國！」」

這雖然不免過甚其辭，然而一二八以前，這樣一類的人們確也不少，但在一二八那時候，器具上有着這樣的文字者，想活是極難的，「抗」得輕浮，殺得切實，這事情似乎至今許多人也還是沒有悟。至今為止，中國沒有發表過戰死的兵丁，被殺的人民，不知數目，則是連戰也不做了。

我住在閘北時候，打來的都是中國砲彈，近的相距不過一丈餘，瞄準是不能說不高明的，但不爆裂的居多，聽說後來換了厲害的砲火，但那時我已經逃到英租界去了。砲火較遠，但見逃難者之終日紛紛不斷，而逃難者之依然興高采烈，真好像一羣無抵抗，無組織的羊。現在我寓的附近又已熱鬧起來，大約不久便要看不出痕迹。

北平的情形，我真是隔膜極了。劉博士之言行，偶然也從報章上見之，真是古怪得很，當做「新青年」時，我是萬料不到會這樣的。出版物則只看見了幾本「安陽發掘報告」之類，也是精義少而廢話多。上海的情形也不見佳，張三李四，都在教導青年，但有在這裏站不住腳的，到北平卻做了許多時教授，亦一異也。

此布，即頌

近祺。

迅 啟

六月十八夜

静农兄：

六月十二日信于昨收到，今日收到《王忠悫公遗集》一函，甚感甚感。小说两种，各两本，已于下午托内山书店挂号寄奉，想不久可到。两书皆自校自印，但仍为商店所欺，绩不偿劳，我非不知商人技俩，但以惮于与若辈斤斤计较，故归根结蒂，还是失败也。《铁流》时有页数错订者，但非缺页，寄时不及检查，希兄一检，如有错订，乞自改好，倘有缺页，则望见告，当另寄也。其他每一本可随便送人，因寄四本与两本邮资相差无几耳。

北平预约之事，我一无所知，后有康君函告，始知书贾又在玩此伎俩，但亦无如之何。至于自印之二书，则用钱千元，而至今收回者只二百，三闲书局亦只得从此关门。后来倘有余资，当印美术如《士敏土图》之类，使其无法翻印也。

兄如作小说，甚好。我在这几年中，作杂感亦有几十篇，但大抵以别种笔名发表。近辑一九二八至二九年者为《三闲集》，已由北新在排印，三〇至三一年者为《二心集》，则彼不愿印行——虽持有种种理由，但由我看来，实因骂赵景深驸马之话太多之故，《北斗》上题『长庚』者，实皆我作——现出版所尚未定，但倘甘于放弃版税，则出版是很容易的。

『一二八』的事，可写的也有些，但所见的还嫌太少，所以写不写还不一定；最可恨的是所闻的多不可靠，据我所调查，大半是说谎，连寻人广告，也有自己去登，藉此扬名的。中国人将办事和做戏太混为一谈，而别人却很切实，今天《申报》的《自由谈》里，有一条《摩登式的救国青年》，其中的一段云——

『密斯张，纪念国耻，特地在银楼里定打一只镌着抗日救国四个字的纹银匣子；伊是爱吃仁丹的，每逢花前，月下，……伊总在抗日救国的银匣子里，摇出几粒仁丹来，慢慢地咀嚼。在嚼，在说：「女同胞听者！休忘了九一八和一二八，须得抗日救国！」』

这虽然不免过甚其辞，然而一二八以前，这样一类的人们确也不少，但在一二八那时候，器具上有着这样的文字者，想活是极难的，『抗』得轻浮，杀得切实，这事情似乎至今许多人也还是没有悟。至今为止，中国没有发表过战死的兵丁，被杀的人民的数目，则是连戏也不做了。

我住在闸北时候，打来的都是中国炮弹，近的相距不过一丈余，瞄准是不能说不高明的，但不爆裂的居多，听说后来换了厉害的炮火，但那时我已经逃到英租界去了。离炮火较远，但见逃难者之终日纷纷不断，不逃难者之依然兴高采烈，真好像一群无抵抗，无组织的羊。现在我寓的四近又已热闹起来，大约不久便要看不出痕迹。

北平的情形，我真是隔膜极了。刘博士之言行，偶然也从报章上见之，真是古怪得很，当做《新青年》时，我是万料不到会这样的。出版物则只看见了几本《安阳发掘报告》之类，也是精义少而废话多。上海的情形也不见佳，张三李四，都在教导学生，但有在这里站不住脚的，到北平却做了许多时教授，亦一异也。

专此，即颂

近祺。

迅启 六月十八夜

霽野
靜農
叢蕪 兄：

頃收到八月二日來信，知道素園兄已于一日早晨逝世，這使我非常哀痛，我是以為我們還可以見面的，春末曾想一歸北平，還想到仍坐汽車到西山去，而現在是完了。

說起信來，我非常抱歉。他原有幾封信在我這里，很有發表的價值的，但去年春初我離開寓所時，恐為別人所得，使朋友麻煩，所以將一切朋友的信全都燒掉了，至今還是隨得隨毀，什麼也沒有存着。

我現在只好希望你們格外保重。

迅 上

八月五日

## 释文

霁野
静农 兄：
丛芜

顷收到八月二日来信，知道素园兄已于一日早晨逝世，这使我非常哀痛，我是以为我们还可以见面的，春末曾想一归北平，还想到仍坐汽车到西山去，而现在是完了。

说起信来，我非常抱歉。他原有几封信在我这里，很有发表的价值的，但去年春初我离开寓所时，防信为别人所得，使朋友麻烦，所以将一切朋友的信全都烧掉了，至今还是随得随毁，什么也没有存着。

我现在只好希望你们格外保重。

迅 上 八月五日

静农兄：

八月十日信收到。素园逝去，实足哀伤，有志者入泉，无为者住世，岂佳事乎。忆前年曾以布面「外套」一本见赠，殆其时已有无常之感。今此书尚在行箧，览之黯然。

郑君治学，盖用胡适之法，往往恃孤本秘笈，为惊人之具，此实足以炫耀人目，其为学子所珍赏，宜也。我法稍不同，凡所泛览，皆通行之本，易得之书，故遂孑然于学林之外，「中国小说史略」而非断代，即尝见贬于人。但此书改定本，早于去年出版，已嘱书店寄上一册，至希察收。雖曰改定，而所改實不多，蓋近幾年來，域外奇書，沙中殘楮，雖時時介紹于中國，但尚無需因此大改史略，故多仍之。鄭君所作中國文學史，頃已在上海豫約出版，我曾于小說月報上見其關于小說者數章，誠哉滔滔，然此乃文學史資料長編，非「史」也。但倘有具史識者，資以為史，亦可用耳。

年來伏處牖下，于小說史事，已不經意，故遂毫無新得。上月得石印傳奇「梅花夢」一部，兩本，為毘陵陳森所作，此人亦即作品花寶鑑者，小說史略誤作陳森書，衍一「書」字，希講授時改正。此外又有木刻梅花夢傳奇」，似張姓者所為，非一書也。

上海曾大熱，近已稍涼，而文禁如毛，緹騎遍地，則今昔不異，久見而慣，故旅舍或人家被捕去一少年，已不如捕去一雞之驚人耳目矣。我亦頗麻木，絕無作品，真所謂食菽而已。早欲翻閱二十四史，曾向商務印書館豫約一部，今年遂須延期，大約後年之冬，才能完畢，惟有服魚肝油，延年却病以待之耳。

此復，即頌

曼福。

迅 啟上

八月十五夜。

## 释文

静农兄：

八月十日信收到。素园逝去，实足哀伤，有志者入泉，无为者住世，岂佳事乎。忆前年曾以布面《外套》一本见赠，殆其时已有无常之感。今此书尚在行箧，览之黯然。

郑君治学，盖用胡适之法，往往恃孤本秘笈，为惊人之具，此实足以炫耀人目，其为学子所珍赏，宜也。我法稍不同，凡所泛览，皆通行之本，易得之书，故遂孑然于学林之外，《中国小说史略》而非断代，即尝见贬于人。但此书改定本，早于去年出版，已嘱书店寄上一册，至希察收。虽曰改定，而所改实不多，盖近几年来，域外奇书，沙中残楮，虽时时介绍于中国，但尚无需因此大改《史略》，故多仍之。郑君所作《中国文学史》，顷已在上海豫约出版，我曾于《小说月报》上见其关于小说者数章，诚哉滔滔不已，然此乃文学史资料长编，非『史』也。但倘有具史识者，资以为史，亦可用耳。

年来伏处牖下，于小说史事，已不经意，故遂毫无新得。上月得石印传奇《梅花梦》一部两本，为毗陵陈森所作，此人亦即作《品花宝鉴》者，《小说史略》误作陈森书，衍一『书』字，希讲授时改正。此外又有木刻《梅花梦传奇》，似张姓者所为，非一书也。

上海曾大热，近已稍凉，而文禁如毛，缇骑遍地，则今昔不异，久见而惯，故旅舍或人家被捕去一少年，已不如捕去一鸡之耸人耳目矣。我亦颇麻木，绝无作品，真所谓食菽而已。早欲翻阅二十四史，曾向商务印书馆豫约一部，而今年遂须延期，大约后年之冬，才能完毕，惟有服鱼肝油，延年却病以待之耳。

此复，即颂

曼福。

迅 启上 八月十五夜。

静农兄：

前几天我的『三闲集』出版，因寄上两本，一托转霁野，到今天才知道弄错了，因为那时包好了几包书，一不小心，将住址写错，你所收到的大约是『两地的书信』，这是别人所要的，但既已寄错，现在即以赠兄罢。

至于『三闲集』，则从寄在别一处，现已托其直接寄奉，到希检收，倘只一本，则必是另一本直寄霁野了。

迅 上 九月廿八

## 释文

静农兄：

前几天我的《三闲集》出版，因寄上两本，一托转霁野，到今天才知道弄错了，因为那时包好了几包书，一不小心，将住址写错，你所收到的大约是《淑姿的信》，这是别人所要的，但既已寄错，现在即以赠兄罢。

至于《三闲集》，则误寄在别一处，现已托其直接寄奉，到希检收，倘只一本，则必是另一本直寄霁野了。

迅 上 九月廿八日

静農兄：

廿八日破費了你整天的時光和力氣，甚感甚歉。車中相識的人並不少，但無關係，三十日夜到了上海了，一路均好，特以奉聞。

迅上

十一月卅夜

## 释文

静农兄：

　　廿八日破费了你整天的时光和力气，甚感甚歉。车中相识的人并不少，但无关系，三十日夜到了上海了，一路均好，特以奉闻。

迅上　十一月卅夜

静农兄：

日前寄上书籍二包，又字一卷，不知已收到否？字写得坏极，请勿裱挂，为我藏拙也。

来函及小说两本均收到（又画报一份）。照相得到原印片一张，甚感。大约同师大学生自治会中人，当然知道的。论文甚怪，中有「新的敌人」云云，我实在没有说过这样一句话。

此上，即颂

近好。

迅 上

十二.十三.夜

## 释文

静农兄：

日前寄上书籍二包，又字一卷，不知已收到否？字写得坏极，请勿裱挂，为我藏拙也。

来函及小说两本又画报一份，均收到。照相能得到原印片一份，则甚感。大约问师大学生自治会中人，当能知道的。记文甚怪，中有『新的主人』云云，我实在没有说过这样一句话。

此上，即颂

近好。

迅　上　十二月十三夜

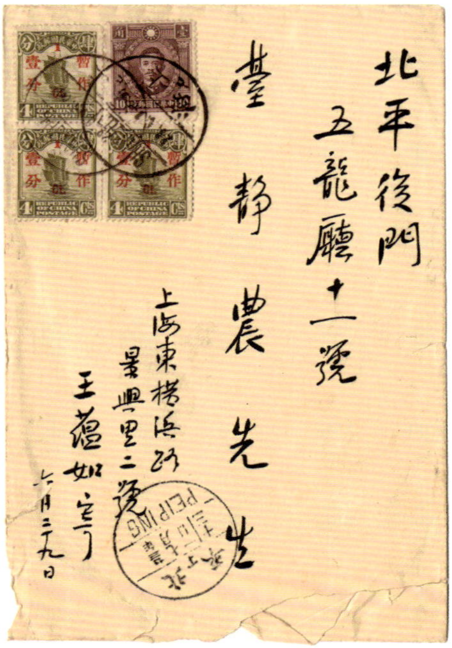
北平後門
五龍廳十一號
臺靜農先生
上海東橫浜路
景興里二號
王蘊如寄
七月二十九日
PEIPING

# 一九三三年

二月／十二日

三月／一日 十一日 二十五日

六月／二十八日

十二月／二十七日

## 二月十二日

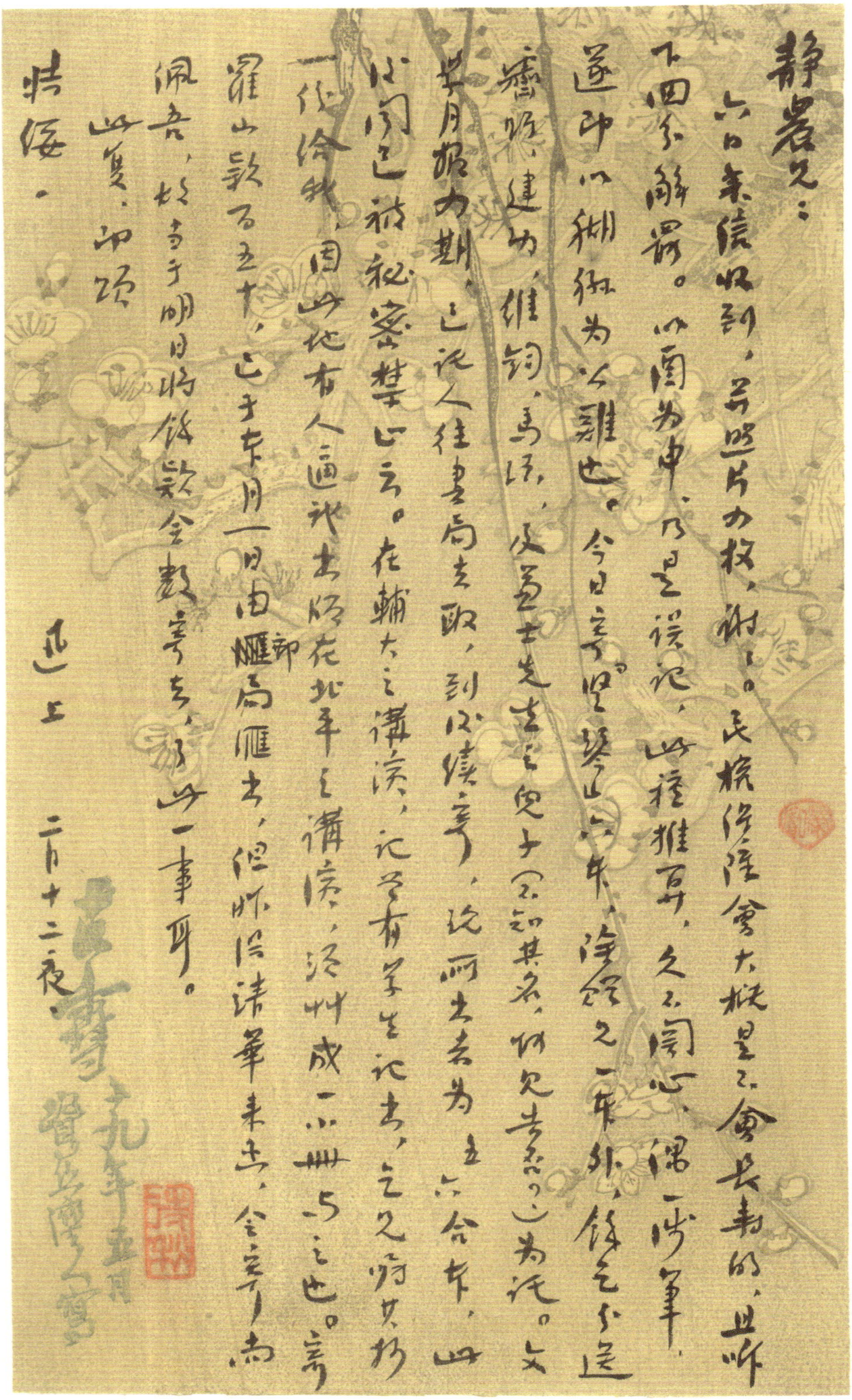

静农兄：

六日来信收到，并照片九枚，谢谢。民权保障会大概是不会长寿的，且听下回分解罢。以阑为中，乃是误记，此种推算，久不关心，偶一涉笔，遂即以糊涂为之，难也。今日寄竖琴六本，除留之一本外，余乞分送霁野、建功、维钧、马珏，及幼渔先生之儿子（不知其名，何兄当知之）为托。文学月报九期，已托人往书局去取，到后续寄，论两书者为五六合本，此以间已被秘密禁止云。在辅大之讲演，记得有学生记去，乞兄将其抄一份给我，因此地有人逼我出将在北平之讲演汇集成一小册子也。寄罗山款百五十，已于本月一日由邮局汇去，但昨得靖华来函，今寄尚阙音，拟当于明日将余款全数寄去，了此一事耳。此复，即颂

时绥。

迅 上 二月十二夜。

释文

静农兄：

六日来信收到，并照片四枚，谢谢。民权保障会大概是不会长寿的，且听下回分解罢。以酉为申，乃是误记，此种推算，久不关心，偶一涉笔，遂即以猢狲为公鸡也。今日寄《竖琴》六本，除赠兄一本外，余乞分送霁野，建功，维钧，马珏，及兼士先生之儿子（不知其名，能见告否？）为托。《文学月报》四期，已托人往书局去取，到后续寄，现所出者为五六合本，此后闻已被秘密禁止云。在辅大之讲演，记曾有学生记出，乞兄嘱其抄一份给我，因此地有人逼我出版在北平之讲演，须草成一小册与之也。寄罗山款百五十，已于本月一日由邮局汇出，但昨得靖华来函，令寄尚佩吾，故当于明日将余款全数寄去，了此一事耳。

此复，即颂

时绥。

迅 上 二月十二夜。

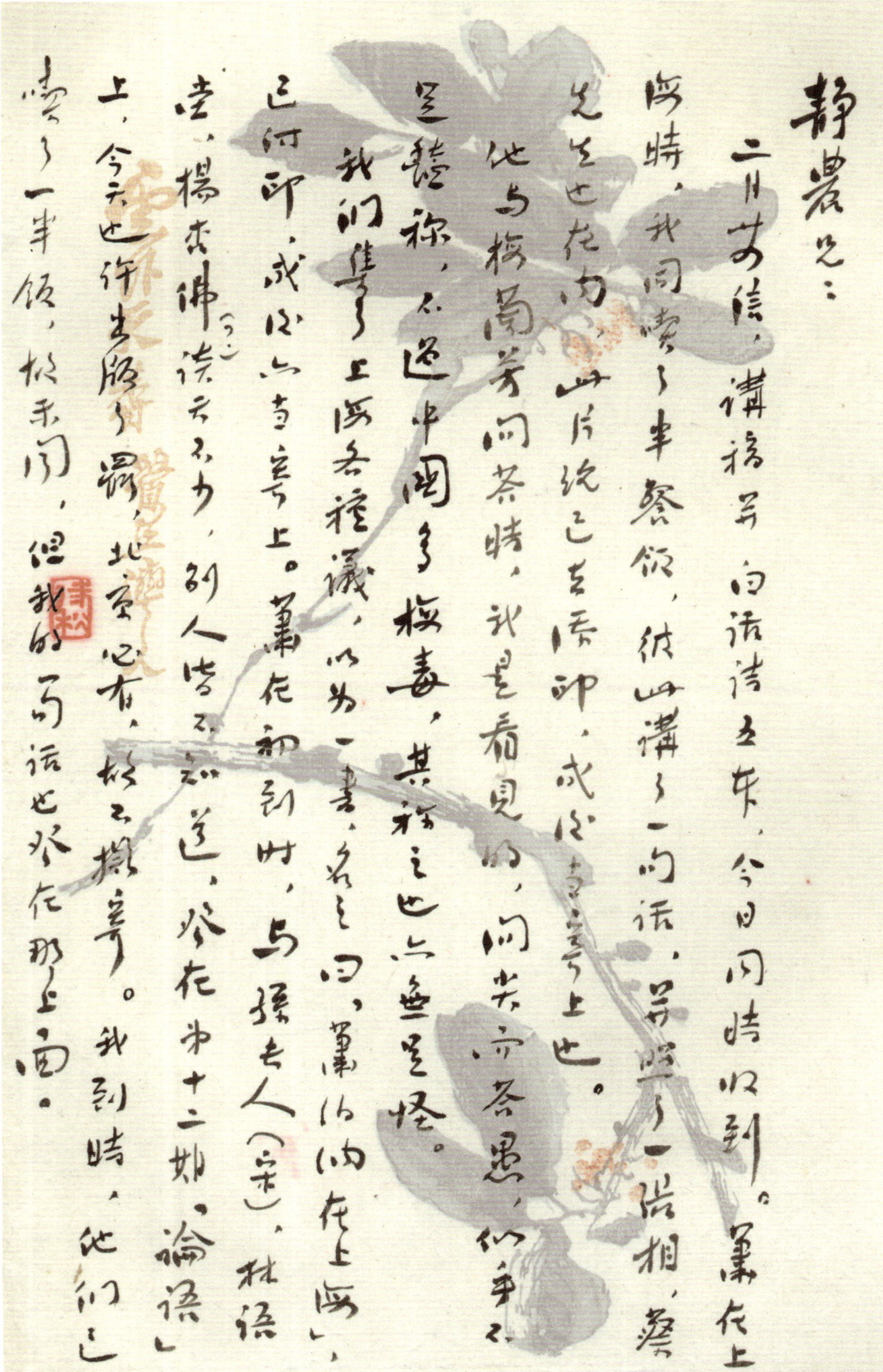

静农兄：

二月廿六信，讲稿并白话诗五本，今日同时收到。萧在上海时，我同吃了半餐饭，彼此讲了一句话，并照了一张相，蔡先生也在内，此片现已去晒印，成后当寄上也。他与梅兰芳问答时，我是看见的，问者亦答愚，似乎不足登称，不过中国多梅毒，其称之也亦无足怪。我们集了上海各种议论，以为一书，名之曰《萧伯纳在上海》，已付印，成后当寄上。萧在初到时，与孙夫人（宋）、林语堂、杨杏佛谈云不少，别人皆不知道，然在第十二期《论语》上，今天也许出版了罢，北京必有，故不摘寄。我到时，他们已吃了一半饭，故未闻，但我的那句话也不在那上面。

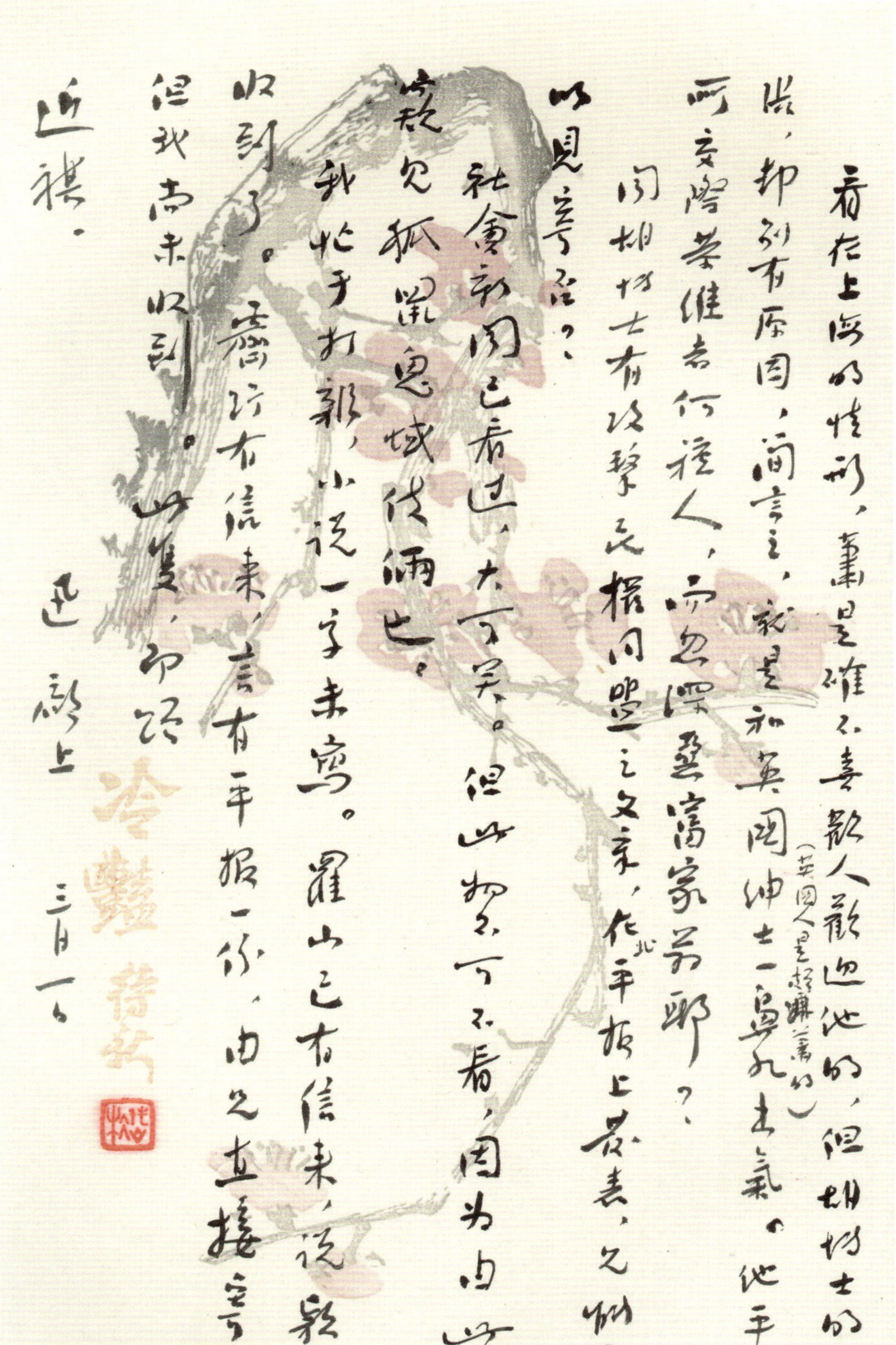

看在上海的情形，蕭是確不喜歡人歡迎他的，但胡博士的主張，卻別有原因，簡言之，就是和英國紳士（英國人是頗討厭蕭的）一鼻孔出氣。他平日所交際者，是何種人，亦豈深悉窮家子耶？

聞胡博士有攻擊民權同盟之文章，在北平報上發表，大約可以見之矣。

社會新聞已看過，大可笑。但此種不可不看，因為由此可察見狐鼠鬼蜮伎倆也。

我忙于打雜，小說一字未寫。羅山已有信來，說錢都收到了。霽野有信來，言有一年報一份，由之直接寄我，但我尚未收到。此復，即頌

近祺。

迅 啓上 三月一夜

## 释文

静农兄：

二月廿四信，讲稿并白话诗五本，今日同时收到。萧在上海时，我同吃了半餐饭，彼此讲了一句话，并照了一张相，蔡先生也在内，此片现已去添印，成后当寄上也。

他与梅兰芳问答时，我是看见的，问尖而答愚，似乎不足艳称，不过中国多梅毒，其称之也亦无足怪。

我们集了上海各种议，以为一书，名之曰《萧伯纳在上海》，已付印，成后亦当寄上。萧在初到时，与孙夫人（宋），林语堂，杨杏佛（？）谈天不少，别人皆不知道，登在第十二期《论语》上，今天也许出版了罢，北京必有，故不拟寄。我到时，他们已吃了一半饭，故未闻，但我的一句话也登在那上面。

看在上海的情形，萧是确不喜欢人欢迎他的，但胡博士的主张，却别有原因，简言之，就是和英国绅士（英国人是颇嫌萧的）一鼻孔出气。他平日所交际恭维者何种人，而忽深恶富家翁耶？

闻胡博士有攻击民权同盟之文章，在北平报上发表，兄能觅以见寄否？

《社会新闻》已看过，大可笑。但此物不可不看，因为由此可窥见狐鼠鬼蜮伎俩也。

我忙于打杂，小说一字未写。罗山已有信来，说款都收到了。霁野有信来，言有平报一份，由兄直接寄我，但我尚未收到。此复，即颂

近祺。

迅 启上 三月一日

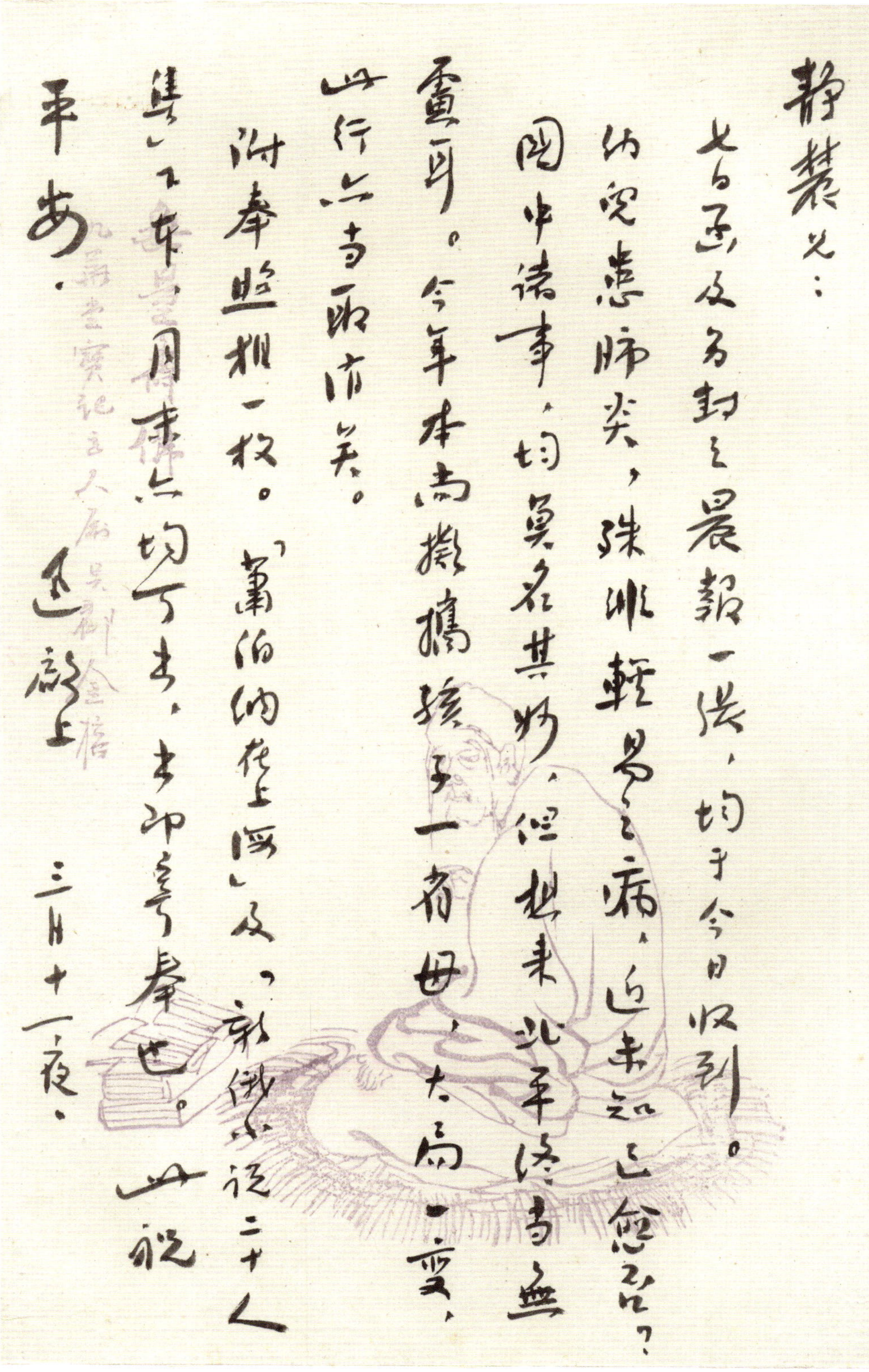

静农兄：

七日函及另封之晨报一张，均于今日收到。所云患肺炎，殊非轻易之病，近未知已愈否？闻中诸事，均莫名其妙，但想来北平情当无甚耳。今年本尚拟携孩子一省母，大局一变，此行亦当作罢矣。

附奉照相一枚。「萧伯纳在上海」及「新俄小说二十人集」上下本，月内亦均可出来，出即寄奉也。此颂

平安。

迅启上　三月十一夜。

## 释文

静农兄：

七日函及另封之《晨报》一张，均于今日收到。幼儿患肺炎，殊非轻易之病，近未知已愈否？国中诸事，均莫名其妙，但想来北平终当无虑耳。今年本尚拟携孩子一省母，大局一变，此行亦当取消矣。附奉照相一枚。《萧伯纳在上海》及《新俄小说二十人集》下本，月末亦均可出，出即寄奉也。此祝平安。

迅 启上 三月十一夜。

静农兄：

今日寄上「萧伯纳在上海」六本，请分送霁、常、魏、沈、还有一本，那时是拟送马珏的，此刻才想到她已结婚，别人常去送书，似乎不大好，由兄自由处置（送给别人）罢。

「一天的工作」不久可以出版，当仍寄六本，办法同上，但一本则仍送马小姐，因为那上本是已经送给了她的。倘住址不明，我想，可以托幼渔先生转交。

此上，即颂

安好。

迅 启

三月廿五夜。

## 释文

静农兄：

今日寄上《萧伯纳在上海》六本，请分送霁、常、魏、沈，还有一本，那时是拟送马珏的，此刻才想到她已结婚，别人常去送书，似乎不大好，由兄自由处置送给别人罢。

《一天的工作》不久可以出版，当仍寄六本，办法同上，但一本则仍送马小姐，因为那上本是已经送给了她的。倘住址不明，我想，可以托　幼渔先生转交。

此上，即颂

安好。

迅　启　三月廿五夜。

静农兄：

昨得六月二十五函、五月初二信及照相，早已收到，倥偬之际，遂未奉闻也。

上海气候殊不佳，蒸郁甚盛。时症亦大流行，但汉生长危邦，年逾大衍，天灾人祸，所见多矣，无怨于生，亦无怖于死，即将投我琼瑶，依然弄此笔墨，夙心旧习，不悔改也。惟较之春初，固亦经自摄养耳。

闻明第一次稿，久已照收，并无汁篇，嘱又寄来书词，因失其通信地址，遂亦由是，无从知；至第二次，则尚无消息。

主人先生大作，当以一册见惠，读之泫哀其遇，又觉其凄。若云诗人，东坡为梦者，今谈世事，遂如狂嘘，诗人原宜热中，然神色宜安，似弱矣，主人之至可叹，意者素园尚在，或不至于此，然亦难言也。

此复，并颂

时安。

豫亭上　旨廿八晚

## 释文

静农兄：

顷得六月二十二日函，五月初之信及照相，早已收到，倥偬之际，遂未奉闻也。

上海气候殊不佳，蒙念甚感。时症亦大流行，但仆生长危邦，年逾大衍，天灾人祸，所见多矣，无怨于生，亦无怖于死，即将投我琼瑶，依然弄此笔墨，夙心旧习，不能改也，惟较之春初，固亦颇自摄养耳。

开明第一次款，久已照收，并无纠葛，霁兄曾来函询，因失其通信地址，遂无由复，乞转知；至第二次，则尚无消息。

立人先生大作，曾以一册见惠，读之既哀其梦梦，又觉其凄凄。昔之诗人，本为梦者，今谈世事，遂如狂醒；诗人原宜热中，然神驰宦海，则溺矣，立人已无可救，意者素园若在，或不至于此，然亦难言也。

此复，并颂

时绥。

豫　启上　六月廿八晚

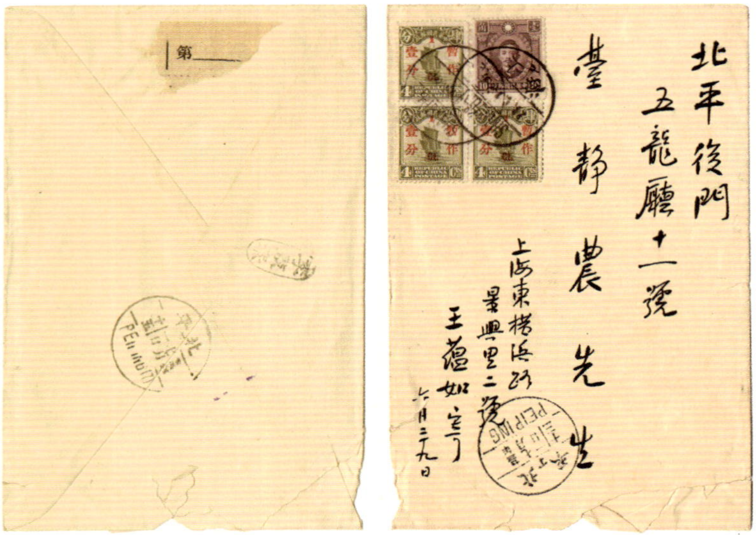

靜農兄：

下午從書店得所惠書，似有人持來，而來者何人，則不可考。《北平箋譜》竟能賣盡，殊出意外，我所得尚有餘，當留下一部，其款亦不必送西三條寓，當于交書時面交可耳。印書小事，而鄭君乃作如此風度，似乎太差，至于同事不協，則往往有之，蓋不獨于諸君為然也。

寫序之事，所說與事實略有不符，鄭君來函問托天行或容某（忘其名，似作閒字），以誰為宜，我即答以不如托天行，因是相識之故。至于不得託金公執事，亦誠有其事，但係指書簽，蓋此公夸而懶，又高自位置，托以小事，能拖延至一年半載不報，而其字實俗媚入骨，無足觀，犯不着向慳吝人乞爛鉛錢也。關于國家博士，我似未曾提起，因我未曾料及此公亦能為人作書，惟平日頗嗤其擺架子，或鄭君從來亦有所聞，因不復道耳。

北大堕落至此，殊可叹息，若将标语改一字，作'五四失精神'，'时代在前面'，则较切矣。兄蛰伏古城，情状自能推度，但我以为此亦不必侘傺，大可以趁此时候，深研一种学问，古学可，新学亦可，既足自慰，将来亦仍有用也。

投稿于自由谈，久已不能，他处颇有来索者，但多别有作用，故不应。申报月刊上尚能发表，盖当局对于出版者之交情，非对于我之宽典，但执笔之际，避实就虚，顾彼忌此，实在气闷，早欲不作，而与编者是旧相识，情商理喻，遂至今尚必写出少许。此状为我有生以来所未尝见。三十年来，年相若与年少于我一半者，相识之中，真正而存者几，因此而愤，遂往，自视亦如轻尘，然亦偶自摄卫，以免为亲者所痛，而仇者所快。明年颇欲稍屏琐事不作，专事创作或研究文字史，然亦殊未可必耳。专此布复，并颂

时绥。

豫 上 十二月廿七夜

静农兄：

下午从书店得所惠书，似有人持来，而来者何人，则不可考。《北平笺谱》竟能卖尽，殊出意外，我所约尚有余，当留下一部，其款亦不必送西三条寓，当于交书时再算账耳。印书小事，而郑君乃作如此风度，似少函养，至于问事不报，则往往有之，盖不独对于靖兄为然也。

写序之事，传说与事实略有不符，郑君来函问托天行或容某（忘其名，能作简字），以谁为宜，我即答以不如托天行，因是相识之故。至于不得托金公执笔，亦诚有其事，但系指书签，盖此公夸而懒，又高自位置，托以小事，能拖延至一年半载不报，而其字实俗媚入骨，无足观，犯不着向悭吝人乞烂铅钱也。关于国家博士，我似未曾提起，因我未能料及此公亦能为人作书，惟平日颇嗤其摆架子，或郑君后来亦有所闻，因不复道耳。

北大堕落至此，殊可叹息，若将标语各增一字，作『五四失精神』，『时代在前面』，则较切矣。兄蛰伏古城，情状自能推度，但我以为此亦不必侘傺，大可以趁此时候，深研一种学问，古学可，新学亦可，既足自慰，将来亦仍有用也。

投稿于《自由谈》，久已不能，他处颇有函索者，但多别有作用，故不应。《申报月刊》上尚能发表，盖当局对于出版者之交情，非对于我之宽典，但执笔之际，避实就虚，顾彼忌此，实在气闷，早欲不作，而与编者是旧相识，情商理喻，遂至今尚必写出少许。现状为我有生以来所未尝见，三十年来，年相若与年少于我一半者，相识之中，真已所存无几，因悲而愤，遂往往自视亦如轻尘，然亦偶自摄卫，以免为亲者所叹而仇者所快。明年颇欲稍屏琐事不作，专事创作或研究文学史，然能否亦殊未可必耳。

专此布复并颂

时绥。

豫 顿首 十二月廿七夜

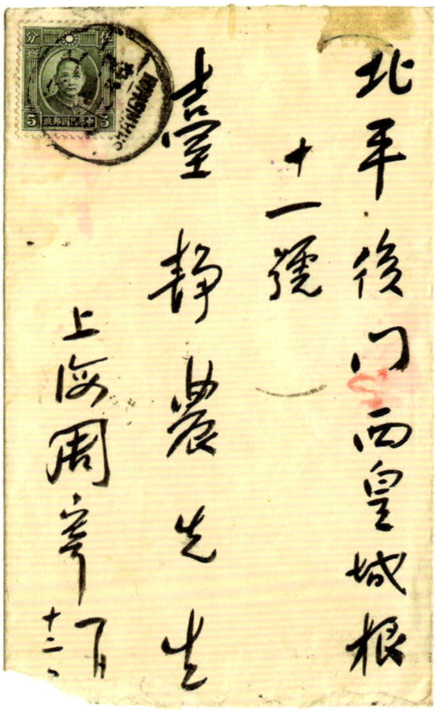
北平後门西皇城根
十一號
臺靜農先生
上海周寄

# 一九三四年

一月／十二日

二月／十五日

三月／二十七日　三十一日

四月／十二日

五月／十日

六月／九日　十八日　二十八日

静农兄：

北平笺谱尚已将订成，兄所要之一部，已函西谛兄在北平交出，另一部则托其交与天行兄，希就近接洽。这两部都是我送的，无须付钱。倘天行兄已豫约，则可要求西谛退款，豫约而不得者尚有人，此毫不为难也。专此即颂

时绥。

迅 上

一月十二日

我们都好的。又及。

## 释 文

静农兄：

《北平笺谱》大约已将订成，兄所要之一部，已函西谛兄在北平交出，另一部则托其交与天行兄，希就近接洽。这两部都是我送的，无须付钱。倘天行兄已豫约，则可要求西谛退款，豫约而不得者尚有人，他毫不为难也。专此

即颂

时绥。

迅 顿首 一月十二日

我们都好的。又及

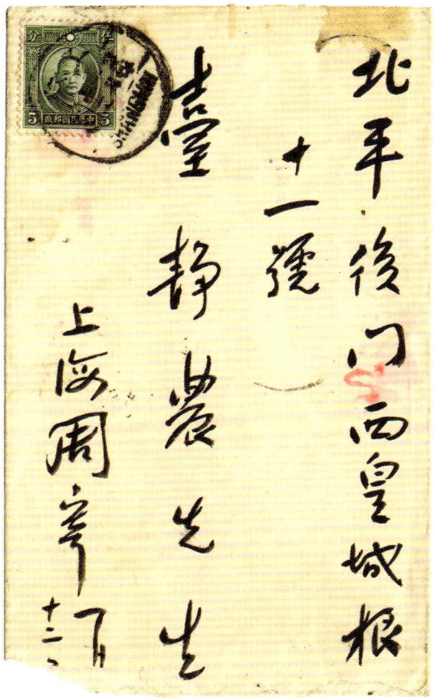


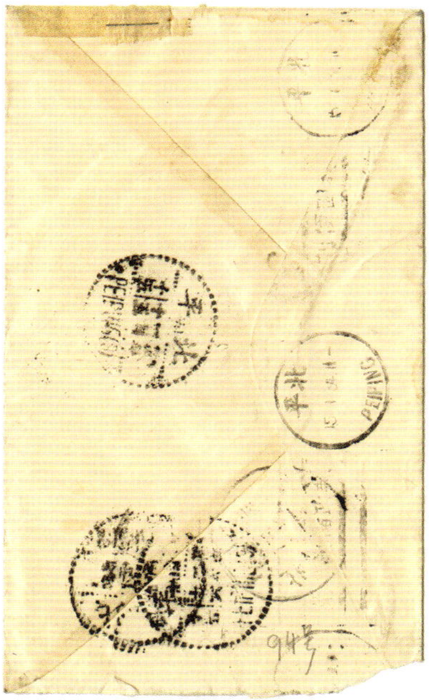

二月十五日

静农兄：

二月十一日来信昨收到。我的信竟入于被焚之列，殊出意外，遂只写笔帖且不复，但目下之劳民伤财，为可惜耳。霁野七日午后到沪，昨十四日晨乘轮船北归，此信到时，或已晤面，见时希转告，以一信通知到，甚为荷。

西谛藏明版图绘书不少，北平又易于借得古书，所以我曾劝其选印成书，作为中国木刻史。前在沪闻其口谈，则似意在多印图而少立说。明版插画，颇有千篇一律之观，诚非拔尤汰冗，易令读者生厌，但究竟胜于无有，所以借此翻印，亦大佳事，胜于焚书卖血多多矣。此复，即颂

时绥。

迅 上

二月十五日午后

## 释文

静农兄：

二月十一日来信昨收到。我的信竟入于被装裱之列，殊出意外，遗臭万年姑且不管，但目下之劳民伤财，为可惜耳。

亚兄以七日午后到沪，昨十四日晨乘轮船北归，此信到时，或已晤面，见时希转告，以一信通知到燕为荷。

西谛藏明版图绘书不少，北平又易于借得古书，所以我曾劝其选印成书，作为中国木刻史。前在沪闻其口谈，则似意在多印图而少立说。明版插画，颇有千篇一律之观，倘非拔尤绍介，易令读者生厌，但究竟胜于无有，所以倘能翻印，亦大佳事，胜于焚书卖血万万矣。此复，即颂

时绥。

迅 顿首 二月十五日午后

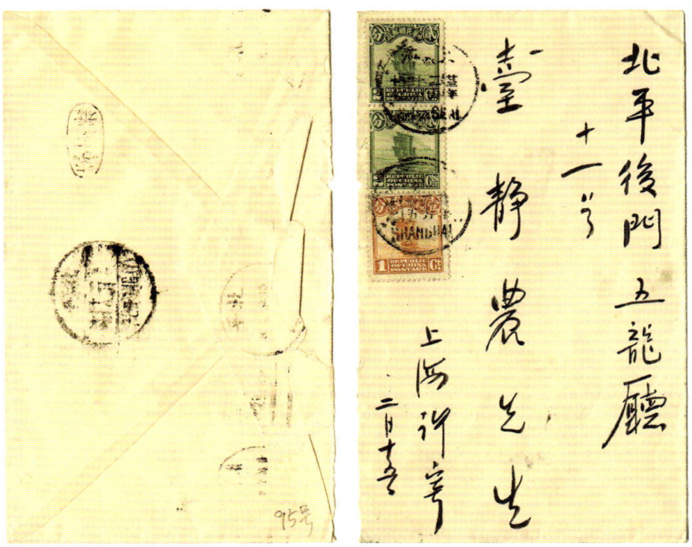

三月二十七日

静農兄：

二十五日得惠書，昨始得「右文說在訓詁學上之沿革及其推闡」一本，入夜循覽，茫然若蒙，然文字之學，早已一切還給章先生，昨今私篤，而仍甚服此書之浩瀚，而竟不能贊一辭，見兼士兄時，乞代達謝意為託。

素兄墓表，當于三四日內寫成寄上；我的字而可以刻石，真如天津報之令我生腥氣一樣，大出意料之外。木刻集合用者，勉選擇而簡單者一幅，當直接交與開明，令製版也。我等均安，可釋念。此布，即頌

時綏。

隼 頓

三月廿七

释文

静农兄：

二十五日得惠书，昨始得《右文说在训诂学上之沿革及其推测[阐]》一本，入夜循览，砉然发蒙，然文字之学，早已一切还给章先生，略无私蓄，所以甚服此书之浩瀚，而竟不能赞一辞，见兼士兄时，乞代达谢意为托。

素兄墓志，当于三四日内写成寄上；我的字而可以刻石，真如天津报之令我生脑炎一样，大出意料之外。木刻无合用者，勉选横而简单者一幅，当直接交与开明，令制版也。我辈均安，可释念。此布，即颂

时绥。

隼 顿首 三月廿七日

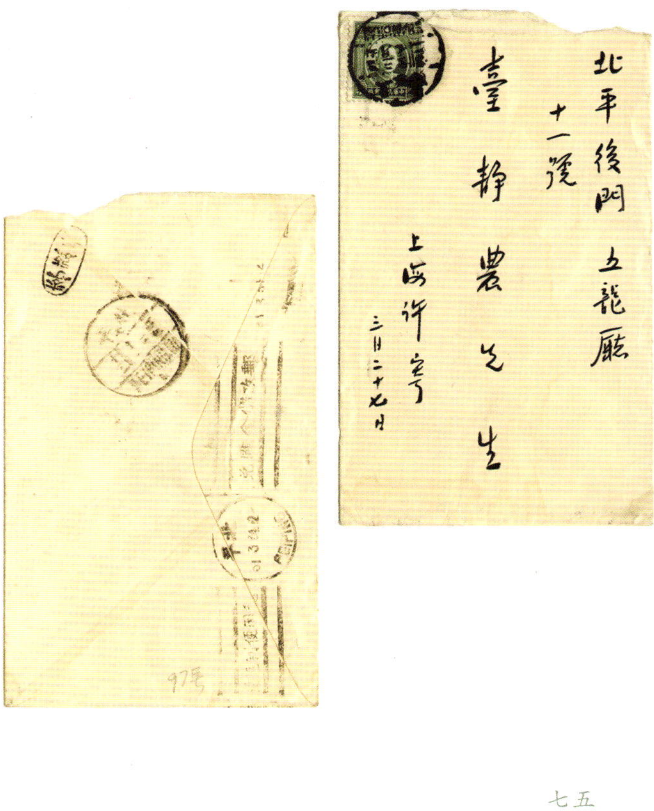

三月三十一日

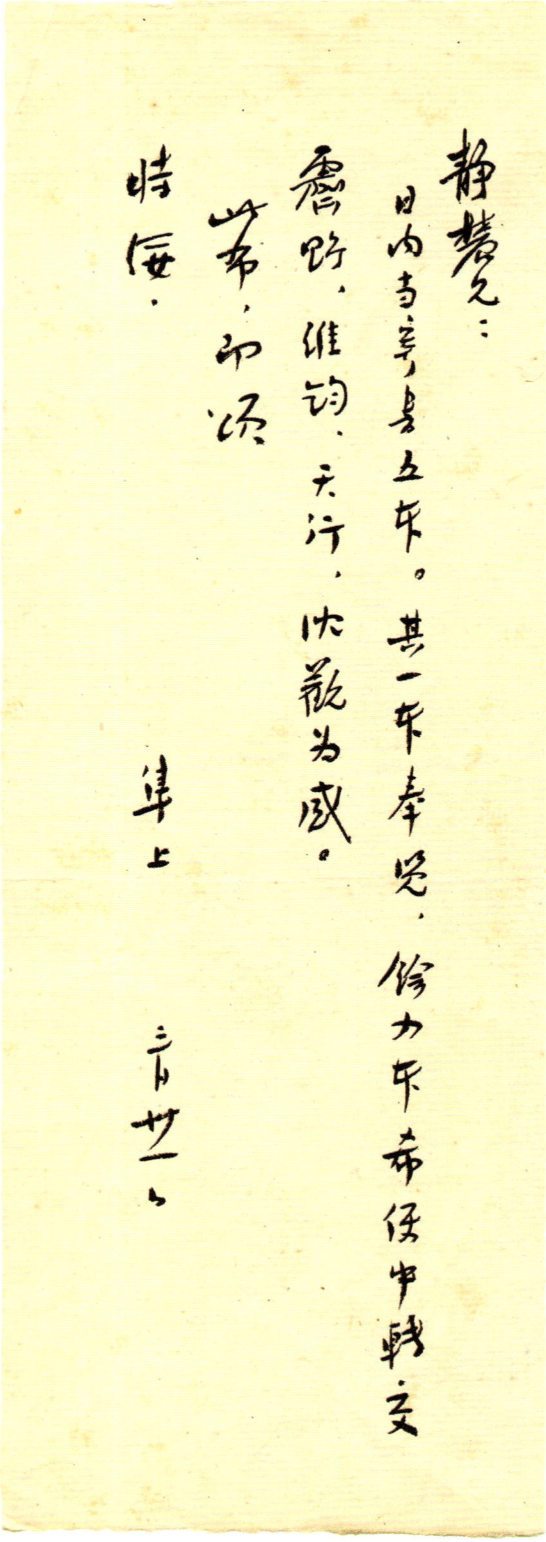

静农兄：

日内当寄上五本。其一本奉览，余四本希便中转交霁野、维钧、天行、丛芜，为感。此布，即颂

时安。

隼上 三月卅一日

## 释文

静农兄：

日内当寄书五本。其一本奉览，余四本希便中转交霁野，维钧，天行，沈观为感。

此布，即颂

时绥。

隼上 三月卅一日

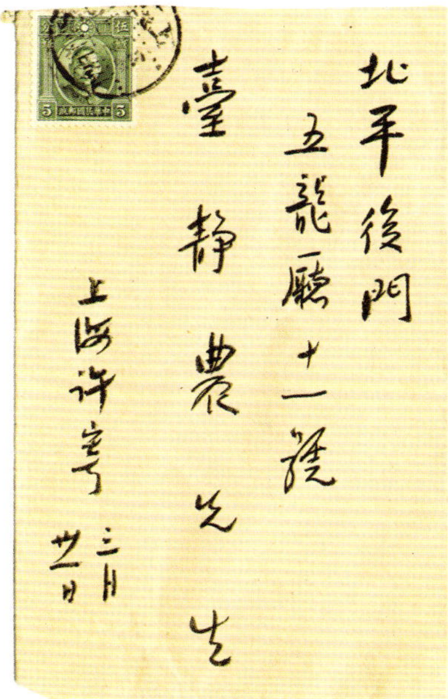

四月十二日

静农兄：

七日惠函收到。蕴士之作，因我是外行，实不敢开口，非不为也，不能耳。令我作刻石之书，真如生脑膜炎，大小之外，笔画尚不能平稳，不知可用否？上海幽默已稍褪色，语堂转而编小品文，名曰「人间世」，昨见第一期，有半农图博「东天行」云：「此得朝鲜美人图一幅，纸墨甚新，而布局甚别致，想是俗工按旧时粉本涂成者。」纸墨一新，便是俗工，则生今日而欲雅，难矣，此乾隆纸之所以贵欤？年来诚常有归省之意，但欲出不易，成否此时殊未能定也。此复，即颂

曼福不尽。

隼 布

四月十二夜

## 释文

静农兄：

七日惠函收到。兼士之作，因我是外行，实不敢开口，非不为也，不能耳。令我作刻石之书，真如生脑膜炎，大出意外，笔画尚不能平稳，不知可用否？上海幽默已稍褪色，语堂转而编小品文，名曰《人间世》，顷见第一期，有半农国博《柬天行》云：『比得朝鲜美人图一幅，纸墨甚新而布局甚别致，想是俗工按旧时粉本绘成者。』纸墨一新，便是俗工，则生今日而欲雅，难矣，此乾隆纸之所以贵欤？年来诚常有归省之意，但跋涉不易，成否此时殊未能定也。此复即颂

曼福不尽。

隼 顿首 四月十二夜。

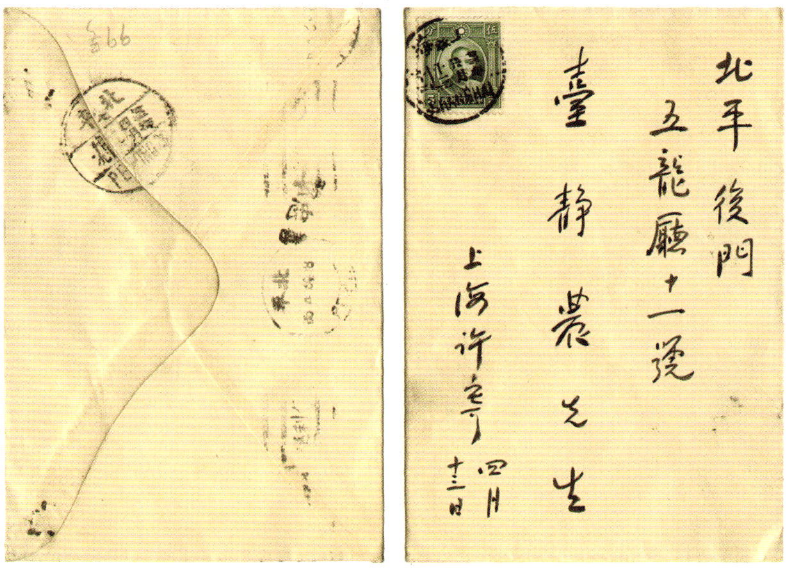

静农兄：

六日函收到。书六本寄出后，已得来信，其中五本，是请转交齐、常、魏、沈、亚五人的。此书係我自资付印，但托人买纸写、讫校刻，却了一遍，纸墨恶劣，印得不成样子，真是可叹。不久又有木刻画集出版，印成后当寄七本，其一是送钧初兄的，特先说明。但因为重量关系，亦有六本也说不定，若然，则亚兄的是另寄的了。北平诸公，真令人齿冷，或则媚上，或则取容，回忆五四时，殊有隔世之感。"人间世"我真不解何苦为此，大约未必能久，倘有彼麻醉者，亦不足惜也。

此布，即颂

时绥

豫 五月十日

静农兄：

六日函收到。书六本寄出后，忘了写信，其中五本，是请转交霁，常，魏，沈，亚，五人的。此书系我自资付印，但托人买纸等，就被剥削了一通，纸墨恶劣，印得不成样子，真是可叹。

不久又有木刻画集出版，印成后当寄七本，其一是送钧初兄的，特先说明。但因为重量关系，只有六本也说不定，若然，则亚兄的是另寄的了。

北平诸公，真令人齿冷，或则媚上，或则取容，回忆五四时，殊有隔世之感。《人间世》我真不解何苦为此，大约未必能久，倘有被麻醉者，亦不足惜也。

此布即颂

时绥。

豫 顿首 五月十日

六月九日

對于印圖，尚有二小野心。一，擬印德國版畫集，此事不難，只要有印費便可。二，即印漢至唐畫象，但唯取其可見當時風俗者，如遊獵，鹵簿，宴飲之類，而著手則大不易。五六年前，所收不可謂少，而頗有拓工不佳者，如「武梁祠畫象」，「孝堂山畫象」，「朱鮪石室畫象」等，雖具有，而不中用；以後出土之拓片，則常有之，上海又是商場，不可得。兄不知能代我補收否？即一面收新拓，一面則覓舊拓（如上述之三種），雖重出不妨，可選其較精者付印也。此頌

時綏。

豫布 六月九日

## 释文

对于印图，尚有二小野心。一，拟印德国版画集，此事不难，只要有印费即可。二，即印汉至唐画象，但唯取其可见当时风俗者，如游猎，卤簿，宴饮之类，而著手则大不易。五六年前，所收不可谓少，而颇有拓工不佳者，如《武梁祠画象》，《孝堂山画象》，《朱鲔石室画象》等，虽具有，而不中用；后来出土之拓片，则皆无之，上海又是商场，不可得。兄不知能代我补收否？即一面收新拓，一面则觅旧拓（如上述之三种），虽重出不妨，可选其较精者付印也。此复即颂

时绥。

豫 顿首 六月九日

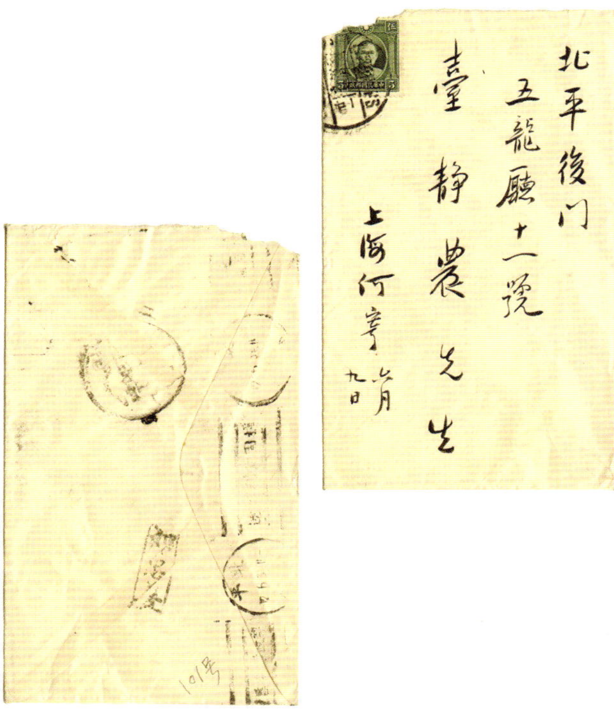

六月十八日

静农兄：

今晚得十三日函，书则昨已收到。如此影本，可不至增加误字，方法殊佳，亦代为"要求"，意尤可感，惜印章殊不似耳。倘于难得之佳书，偶以此法行之，其有益于读者，当更大也。

石刻画象，除"君车"残石（有阴）外，翻刻者甚少，故我手无须鉴别，惟旧拓或需问人。我之目的，（1）武梁祠，孝堂山二种，欲得旧拓，其佳者印不全亦可；（2）嵩山三阙不要；（3）其余石刻，则只要拓本较可观，皆欲收得，虽与已有者重出亦无害，因可比较而取其善者也。但所谓"可观"者，係指拓工而言，石刻清晰，而拓工草率，是为不"可观"，倘石刻原已平漫，则虽图象模糊，固仍在"可观"之列耳。

济南图书馆所藏石，当在朝时，亦得拓本少许；闻近五六年中，又有新发见者不少，然我已下野，遂不能得。 又可否托一机关中人，如在大学或图书馆者，代为出资购置，实为便。凡有代价，切希陆续就近代付，然后再归还。

引玉集已售出五十本以上，较之士敏土之图，远过之矣。我所藏德国版画，有四百余幅，颇欲选取百八十幅，印成三本，以绍介于中国，然亦事体大，万一生意清淡，则影响于生计，故尚在彷徨中也。

上海亦早已入「梅雨天」，但近惟多风而无雨；前日为端午，家悬蒲艾，盛于往年，颇寓与恶一束，以示不敢自外生成之意。文坛，则刊物杂志，大都属于「小品」。此为林公语堂所提倡，盖欲以宋人语录，明人小品，所未前闻，遂以为宝，而其作品，则已远不如前矣。如此下去，恐将与老舍半农，归于一丘，其实，则真所谓「是亦不可以已乎」者也。

贱躯如常，睡眠无恙，惟眼花耳。孩子渐大，善于捣乱，看书工夫，多为所败，从上月起，已明白宣言，以敌人视之矣。

近见新文学运动史，附有作者之笔名，云我亦名「若谦」，似未确，又于唐俟下注云「已故」，亦不确也。专复，即颂

曼福。

隼 上

六月十八夜

## 释文

静农兄：

今晚得十三日函，书则昨已收到。如此版本，可不至增加误字，方法殊佳，而代为『普及』，意尤可感，惜印章殊不似耳。倘于难得之佳书，俱以此法行之，其有益于读者，当更大也。

石刻画象，除《君车》残石（有阴）外，翻刻者甚少，故几乎无须鉴别，惟旧拓或需问人。我之目的，（一）武梁祠，孝堂山二种，欲得旧拓，其佳者即不全亦可；（二）嵩山三阙不要；（三）其余石刻，则只要拓本较可观，皆欲收得，虽与已有者重出亦无害，因可比较而取其善者也。但所谓『可观』者，系指拓工而言，石刻清晰，而拓工草率，是为不『可观』，倘石刻原已平漫，则虽图象模胡，固仍在『可观』之列耳。

济南图书馆所藏石，昔在朝时，曾得拓本少许；闻近五六年中，又有新发见而搜集者不少，然我已下野，遂不能得。兄可否托一机关中人，如在大学或图书馆者，代为发函购置，实为德便。凡有代价，均希陆续就近代付，然后一总归还。

《引玉集》已售出五十本以上，较之《士敏土之图》，远过之矣。我所藏德国版画，有四百余幅，颇欲选取百八十幅，印成三本以绍介于中国，然兹事体大，万一生意清淡，则影响于生计，故尚在彷徨中也。

上海算是已入『梅雨天』，但近惟多风而无雨；前日为端午，家悬蒲艾，盛于往年，敝寓亦悬一束，以示不敢自外生成之意。文坛，则刊物杂出，大都属于『小品』。此为林公语堂所提倡，盖骤见宋人语录，明人小品，所未前闻，遂以为宝，而其作品，则已远不如前矣。如此下去，恐将与老舍半农，归于一丘，其实，则真所谓『是亦不可以已乎』者也。

贱躯如常，脑膜无恙，惟眼花耳。孩子渐大，善于捣乱，看书工夫，多为所败，从上月起，已明白宣言，以敌人视之矣。

近见《新文学运动史》，附有作者之笔名，云我亦名『吴谦』，似未确，又于广平下注云『已故』，亦不确也。专复，

即颂

曼福。

隼 顿首 六月十八夜

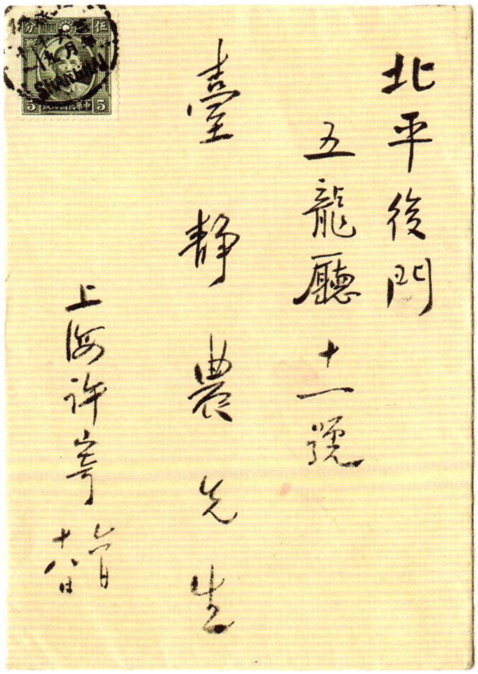

六月二十八日

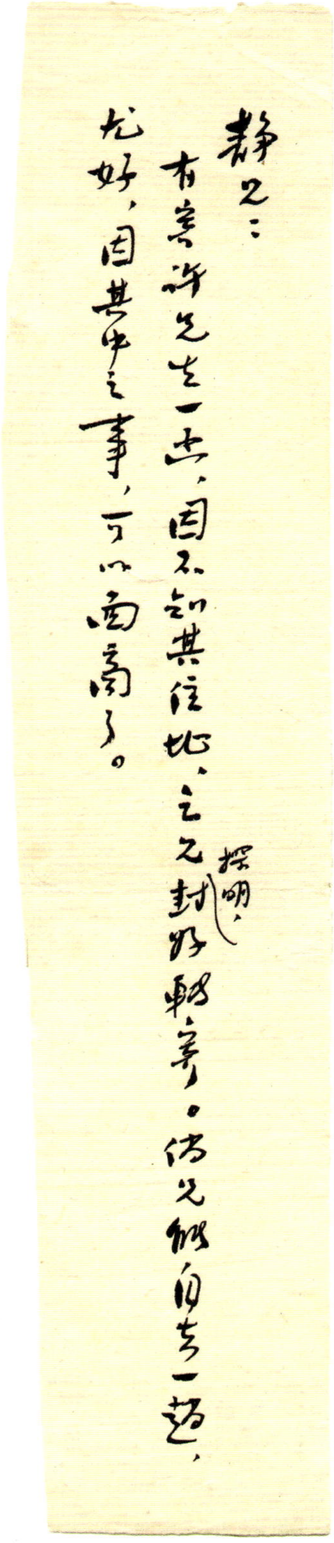

静农兄：

有寄许先生一函，因不知其住址，乞探明，封好转寄。倘兄能自去一趟，尤好，因其中之事，可以面商了。

## 释文

静兄：

有寄许先生一函，因不知其住址，乞兄探明，封好转寄，倘兄能自去一趟，尤好，因其中之事，可以面商了。

（六月二十八日）

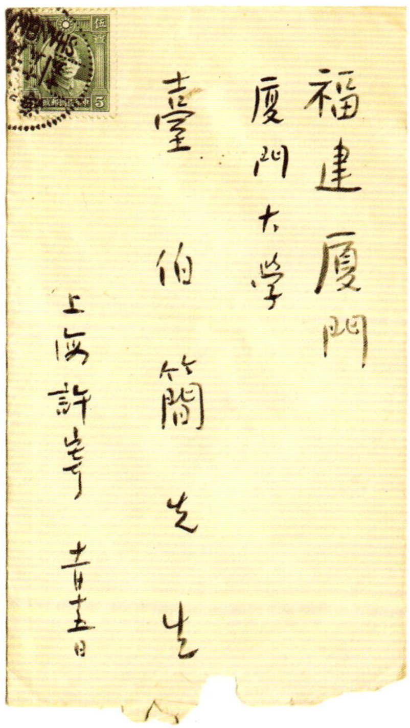
福建厦門
厦門大學
臺伯簡先生
上海許寄
廿五日

# 一九三五年

五月／十四日

六月／二十四日

七月／二十二日

八月／十一日

九月／二十日

十一月／十五日

十二月／三日　二十一日

青兄：

二日函收到了；上月之函，卻未收到。至于拓片兩包，是都收到的，「君車」畫象確係贋品，似用初拓翻刻，連畫贋印也是假的。原刻之拓片，這要有神彩，而且必連碑陰，乃為全份。又包中之「曹望憘造象」，大約也是翻刻的，其與原刻不同之處，見「校碑隨筆」。

從這兩包中，又選出數種，日內另封，其餘的已于昨日寄回了。收集畫象事，擬暫作一結束，因年來精神體力，大不如前，且終日勞勞，亦無整理付印之望，所以擬姑置之；今乃知老境催人，其可怕如此。因為我自去冬罹西班牙性感冒之後，消化系受傷，從此幾乎每月必有小病一場了。但似未必長臥在牀，可請放心耳。

專此布復，並頌

時綏。

豫 頓首　五月十四夜。

第一包拓片留四種（內有目錄及字的，然從手本之，已查付）——

一、騎馬人畫象（有樹木）一張、

二、大定四年造象一份二張

三、殘畫象一份四張

四、一人及一兔畫象一張

第二包拓片留兩種——

一、漁庖一份兩張（五之五）

二、立馬畫象（？）一份三張（一之五）

以上，共留六種。

## 释文

青兄：

二日函收到了；上月之函，却未收到。至于拓片两包，是都收到的，『君车』画象确系赝品，似用砖翻刻，连簠斋印也是假的。原刻之拓片，还要有神彩，而且必连碑阴，乃为全份。又包中之《曹望憘造象》，大约也是翻刻的，其与原刻不同之外，见《校碑随笔》。

从这两包中，各选数种，目另列，其余的已于昨日寄回了。收集画象事，拟暂作一结束，因年来精神体力，大不如前，且终日劳劳，亦无整理付印之望，所以拟姑置之；今乃知老境催人，其可怕如此。因为我自去冬罹西班牙性感冒之后，消化系受伤，从此几乎每月必有小病一场了。但似未必寿终在即，可请放心耳。

专此布复，并颂

时绥。

豫 顿首 五月十四夜。

第一包拓片留四种（内无目录及定价，姑随手举之，乞查付）——

一、骑马人画象（有树木）一张

二、大定四年造象一份二张

三、汉残画象一份四张

四、一人及一蛇画象一张

第二包拓片留两种——

一、汉鹿一份两张（五元五）

二、宜州画象（？）一份三张（一元五）

以上，共留六种。

六月二十四日

辰兄：

一日信早到。照相片馀款，不必送到寓，可仍存兄处，但有文学社稿费八元，请兄就交段干青君，款可由相片馀款中划出。段君住址，我不知道，可函问河北医学院唐诃君，但他亦不知，就只好作罢了。

「日月画家」谁在我这里，必记错了，怕兄的话不错。

北方情形如此，兄事当更无头绪，但国事我看亦可以叩头了结的。此后类此之事，即将层出不穷。渐寓如常，可释远念，令人心悲之事自然也不少，但也管不了许多。

我尚可支持，不过忙一点，至于精力之衰，则年龄为之，亦无可如何也。只好照常办事。

此布，即颂

时绥。

隼上 六月廿四

释文

辰兄：

一日信早到。买拓片余款，不必送到平寓，可仍存兄处，但有文学社稿费八元，想乞兄转交段干青君，款即由拓片余款中划出。段君住址，我不知道，可函询后孙公园医学院唐诃君，倘他亦不知，就只好作罢了。

『日月画象』确在我这里，忘记加圈了，帖店的话不错。

北方情形如此，兄事想更无头绪，但国事我看是即以叩头暂结的。此后类此之事，则将层出不穷。敝寓如常，可释远念，令人心悲之事自然也不少，但也悲不了许多。

我尚可支持，不过忙一点，至于体力之衰，则年龄为之，无可如何，也只好照常办事。

此布，即颂

时绥。

豫 上 六月廿四日

七月二十二日

青兄：

十六日函并拓片一张，顷收到。山根阴险，早经领教，其实亦知趋势，论学罢耳。厦门亦非好地方，即成，亦未必能久居也。向暨大学一问，亦不成，上海学校，亦复有乾净土；南去向他处一打听也。

上海已大热，然亦尚安，可释远念。

此布，即颂

时绥。

豫

七月二十二

## 释 文

青兄：

十六日函并拓片一张，顷收到。

山根阴险，早经领教，其实只知树势，祸学界耳。厦门亦非好地方，即成，亦未必能久居也。

向暨大曾一问，亦不成，上海学校，亦不复有干净土；尚当向他处一打听也。

上海已大热，贱躯尚安，可释远念。

此布，即颂

时绥。

豫 顿首 七月二十二日

青兄：

七日函收到。厦门不但地方不佳，经费也未必有，但北平正苦，亦无法，然且去试试罢。寄寄亦可，倘仍饿肚子，亦无意也。

南阳画象，也许见过若干，但很难说，因为购于店头，多不明出处也，倘能得一全份，极望。浮塘子集未见过，只有一本。

今年无新出书，至于去年所出之几本，沈君未知已有否，如无则当寄。希示地址及其名字，因为川之集上，我以为可以寄发

问了再上函。

此复，即颂

时绥。

迅上　八月十夜

释文

青兄：

七日函收到。厦门不但地方不佳，经费也未必有，但既已答应，亦无法，姑且去试试罢。容容尚可，倘仍饿肚子，亦冤也。

南阳画象，也许见过若干，但很难说，因为购于店头，多不明出处也，倘能得一全份，极望。《汉圹专集》未见过，乞寄一本。

今年无新出书，至于去年所出之几本，沈君未知已有否？无则当寄。希示地址及其字，因为《引玉集》上，我以为可以写几个字在上面。

此复，即颂

时绥。

豫 上 八月十一日

九月二十日

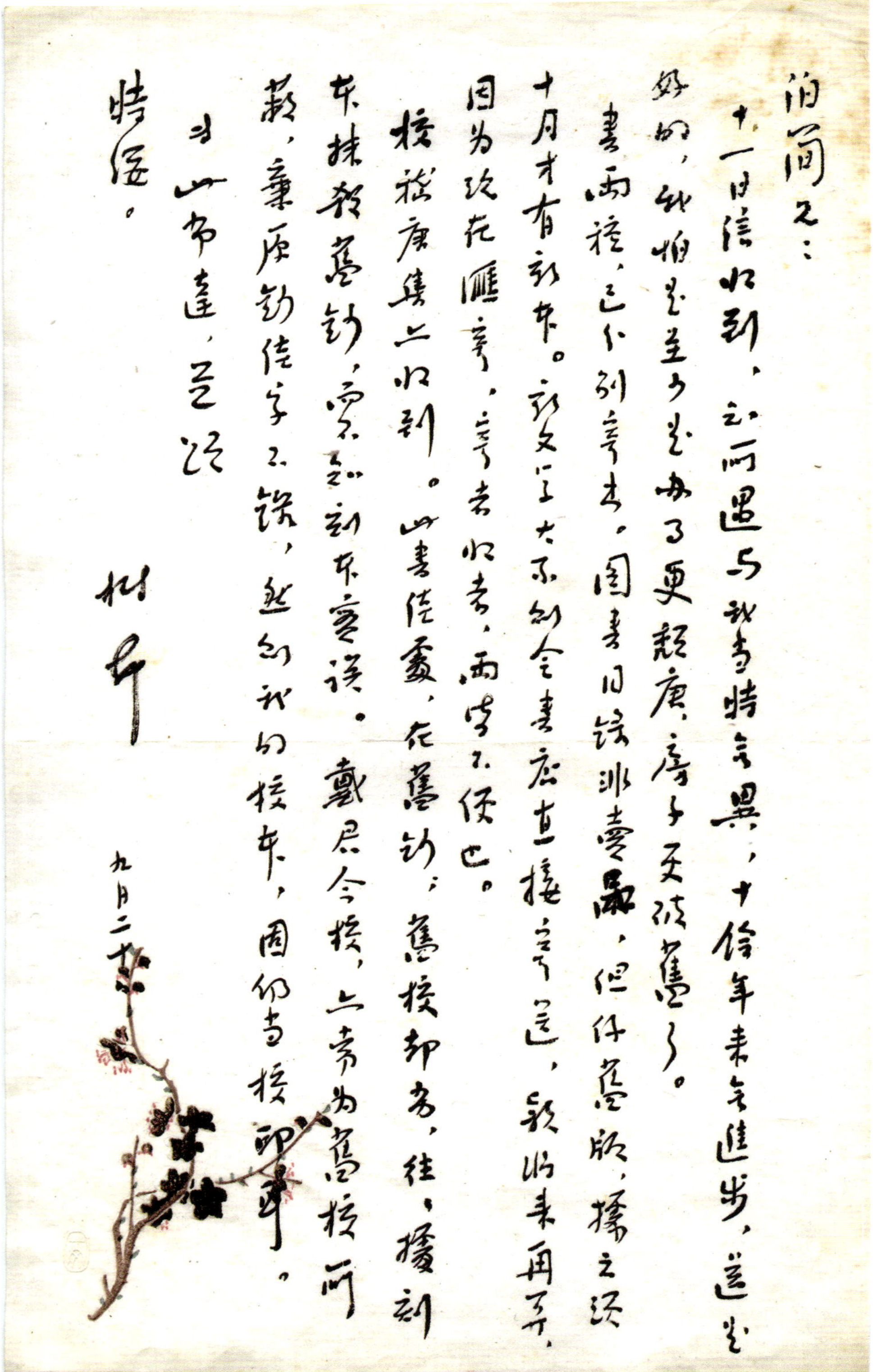

伯简兄：

十一日信收到，知所遇与我当时无异，十余年来无进步，这是好的，我怕是至少是要了更颓唐，并且更顽旧了。书两种，已分别寄去。图书目录非卖品，但仍索取，据云须十月才有新本。郑文以为大不如今书店直接寄送，我将来再买，因为邮花汇寄，寄书收书，两皆不便也。

校嵇康集亦收到。此书佳处，在旧钞；旧校却劣，往往据刻本抹杀旧钞，而刻本实误。戴君今校，亦为旧校所蔽，弃原钞佳字不少，然则我的校本，固仍当校印耳。

专此布达，并颂

时绥。

树[illegible]

九月二十日

## 释文

伯简兄：

十一日信收到，知所遇与我当时无异，十余年来无进步，还是好的，我怕是至少是办事更颓唐，房子更破旧了。

书两种，已分别寄出。图书目录非卖品，但系旧版，据云须十月才有新本。《新文学大系》则令书店直接寄送，款将来再算，因为现在汇寄，寄者收者，两皆不便也。

校嵇康集亦收到。此书佳处，在旧钞；旧校却劣，往往据刻本抹杀旧钞，而不知刻本实误。戴君今校，亦常为旧校所蔽，弃原钞佳字不录，然则我的校本，固仍当校印耳。

专此布达，并颂

时绥。

树 顿首 九月二十日

伯简兄：

十一日信并南阳画象拓片一束，顷同时收到。关于石刻事，王冶秋兄亦已有信来，日内拟即汇三十元去，托其雇工椎拓，但北方已冷，将结冰，今年似不动手，亦未可料。印行汉画，读者不多，致不赔本，也难。南阳石刻，闻有选印本（中华书局出版），亦多凡品，若随得随印，则鉴赏者多，未必为读者所必需，且亦需款太多。而需巨款则又一问题。

我陆续曾收得石画象一箧，初拟全印，不问完或残，使其如图目，分类为：一，摩崖；二，阙，门；三，石室，堂；四，残杂（此类最多）。材料不完，印工亦浩大，遂止；后又欲选其有关于神话及当时生活状态，而刻划又较明晰者，为选集，但亦未实行。南阳画象如印行，似亦可用选印法。

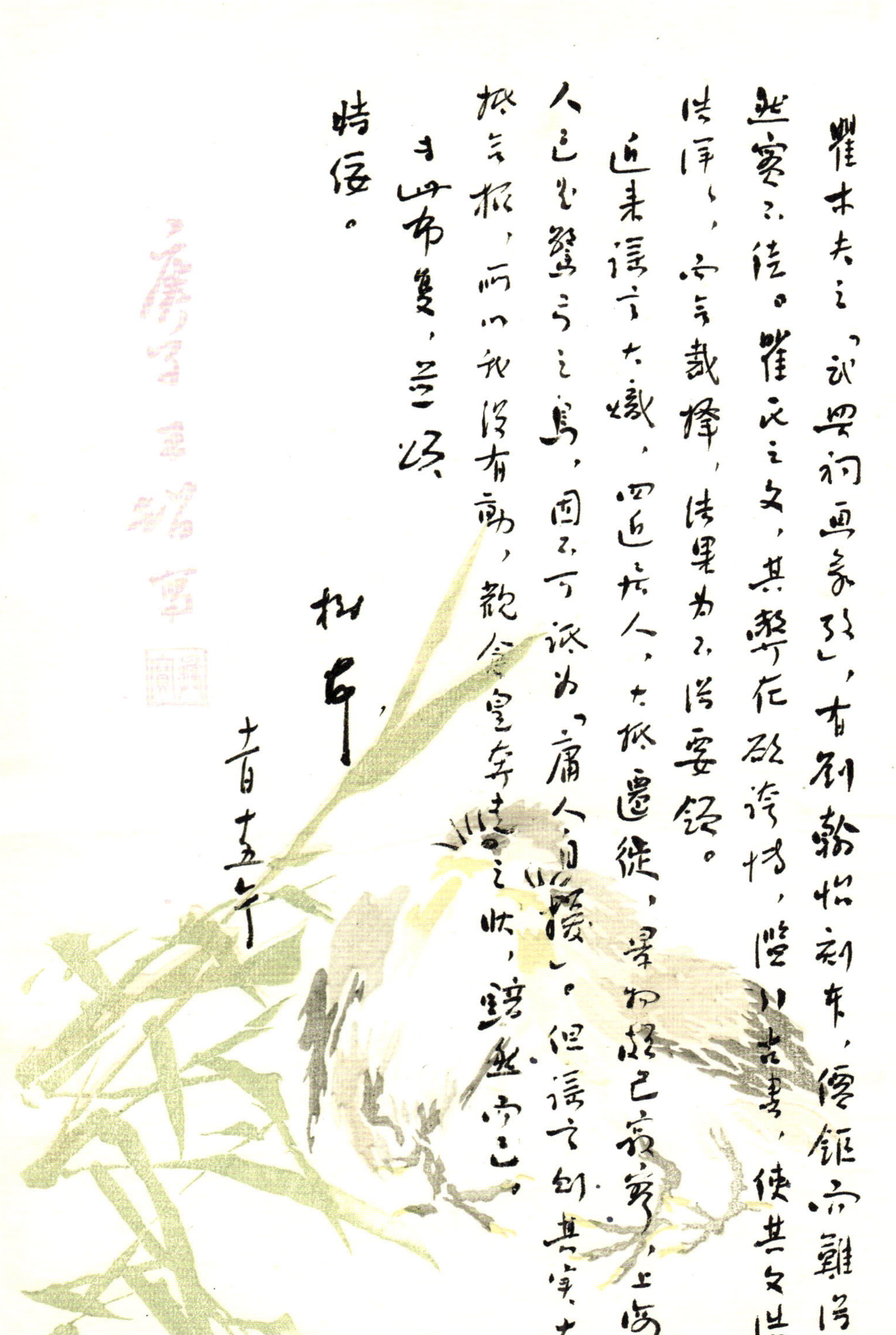

瞿木夫之「武梁祠畫象考」，有劉翰怡刻本，價鉅而難得，然實不佳。瞿氏之文，其弊在欲誇博，濫引古書，使其文浩浩洋洋，而無裁擇，結果為不得要領。

近來謠言大熾，四近居人，大抵遷徙，景物頗已寂寥，上海人已是驚弓之鳥，固不可詆為「庸人自擾」。但謠言則其實大抵無根，所以我得有閑，觀倉皇奔走之狀，殊無謂也。

專此布復，並頌

時綏。

樹 上

十二月十五午

## 释文

伯简兄：

十一日信并《南阳画象访拓记》一本，顷同时收到。关于石刻事，王冶秋兄亦已有信来，日内拟即汇三十元去，托其雇工椎拓，但北方已冷，将结冰，今年不能动手亦未可料。印行汉画，读者不多，欲不赔本，恐难。南阳石刻，关百益有选印本（中华书局出版），亦多凡品，若随得随印，则零星者多，未必为读者所必需，且亦实无大益。而需巨款则又一问题。

我陆续曾收得汉石画象一箧，初拟全印，不问完或残，使其如图目，分类为：一，摩厓；二，阙，门；三，石室，堂；四，残杂（此类最多）。材料不完，印工亦浩大，遂止；后又欲选其有关于神话及当时生活状态，而刻划又较明晰者，为选集，但亦未实行。南阳画象如印行，似只可用选印法。

瞿木夫之《武梁祠画象考》，有刘翰怡刻本，价钜而难得，然实不佳。瞿氏之文，其弊在欲夸博，滥引古书，使其文浩浩洋洋，而无裁择，结果为不得要领。

近来谣言大炽，四近居人，大抵迁徙，景物颇已寂寥，上海人已是惊弓之鸟，固不可诋为『庸人自扰』。但谣言则其实大抵无根，所以我没有动，观仓皇奔走之状，黯然而已。

专此布复，并颂

时绥。

树 顿首 十一月十五午

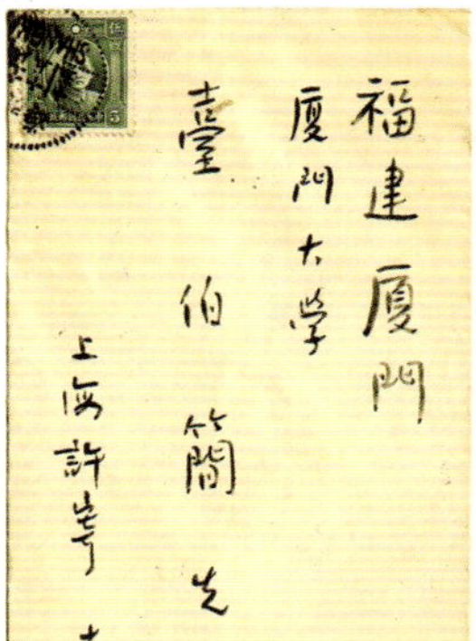

伯简兄：

十一月二十三日函已收到。拓汉画象，兄已寄去卅，但今思之，北方已结冰，难施墨，恐须明春矣。闻石画东寄来者，价亦太贵，倘能选而精印，于读者当更有益。顷北事正亟，来者甚众，必皆奴而庸主，留所谓西子，其状与戏画同。珍藏南迁，似未确，且藏价不及运所，运之行为。校长亦未作来，三代吉金则有之，印白与衡许，闻见许君，但未问其结果，料必不得要领而已。

上海亦受大震动，或谓将被征，或谓将征被，终亦无乱，汽车价至十倍。今已稍定，而邻人十去其六七，入夜阒其无声，如居乡村，盖亦「闲适」之一境，惜又不似「人间世」耳。

「死魂灵」出单行本时，「世界文库」上亦已登毕，但只是第一部，因「译文」之夭，郑君有不忍之婉辞也。

此祝

康吉。

树 上 十二月三夜

## 释 文

伯简兄：

十一月二十三日函已收到。拓汉画款，先已寄去卅，但今思之，北方已结冰，难施墨，恐须明春矣。关百益本实未佳，价亦太贵，倘严选而精印，于读者当更有益。顾北事正亦未可知，我疑必骨奴而肤主，留所谓面子，其状与战区同。珍籍南迁，似未确，书籍价不及钟鼎，迁之何为。校长亦未纷来，二代表则有之，即白与许，曾见许君，但未问其结果，料必不得要领而已。

上海亦曾大迁避，或谓将被征，或谓将征彼，纷纷奔窜，汽车价曾至十倍，今已稍定，而邻人十去其六七，入夜阒寂，如居乡村，盖亦『闲适』之一境，惜又不似『人间世』耳。《死魂灵》出单行本时，《世界文库》上亦正登毕，但不更为译第二部，因《译文》之夭，郑君有下石之嫌疑也。

此祝

康吉。

树 上 十二月三夜

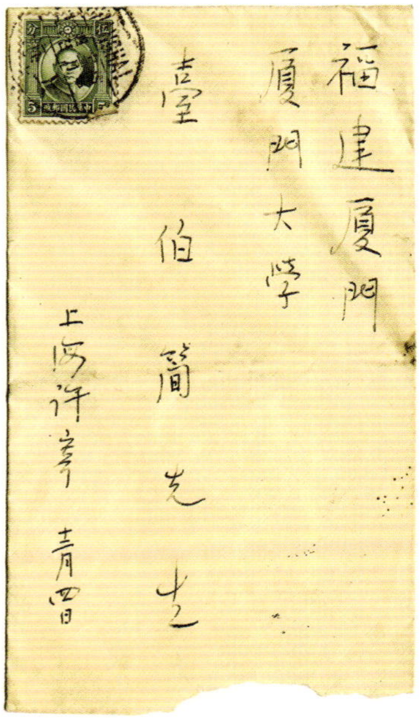


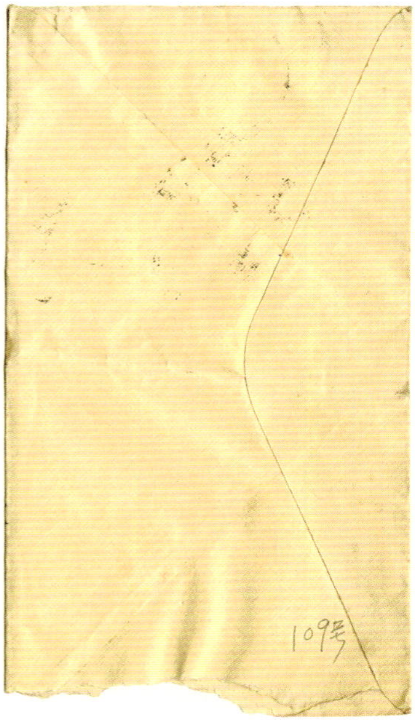

伯簡兄：

十六日信已到。送灶之惠臨，廈門似無出產品，故無所需也。北平學生游行，所遭與前數次無異，聞之慘然，此照例之飾終大典耳。上海學生則長跪於府前，此真教育之效，可羞甚於隕亡也。

南陽楊君，已寄拓本六十五幅來，紙墨俱佳，大約此外尚有續寄者。將來如有暇，當並舊藏選印也。

賤軀如常，可釋遠念。

專此布復，並頌

時綏。

隼 十二月廿一夜

## 释文

伯简兄：

十六日信已到。过沪乞惠临，厦门似无出产品，故无所需也。北平学生游行，所遭与前数次无异，闻之惨然，此照例之饰终大典耳。上海学生，则长跪于府前，此真教育之效，可羞甚于陨亡。

南阳杨君，已寄拓本六十五幅来，纸墨俱佳，大约此后尚有续寄。将来如有暇豫，当并旧藏选印也。

贱躯无恙，可释远念。

专此布复，并颂

时绥。

豫 顿首 十二月廿一夜

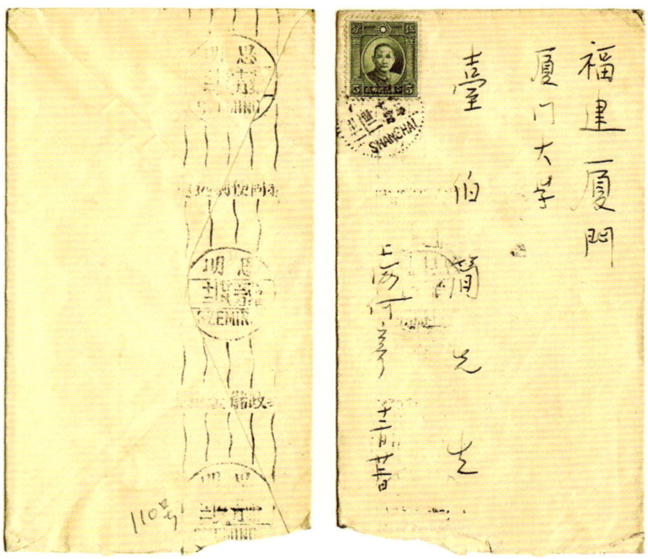

SHANGHAI
青島
山東大學
臺伯簡先生
上海許寄

# 一九三六年

五月／七日

十月／十五日

伯简兄：

二日信收到。此信或可到在月半之前。我病已好，但仍甚烦，因此疲劳而近于病，实亦不能谓之病也。霁野已先返，现回里，即北上，则未详。「第三种人」已以面目见人，则驱戴望舒为出面陛，冀在文艺上混活，远之为是。「文学」编辑，张天翼已知难而逃，现定为王统照，其实亦係傅郑辈暗中布置，操纵于内，此所以固未尝衔实也。「九魂画百图」有白纸绸面本，正在装订，成后当奉赠。北归在即，途遥想怅惘谈，正此为念耳。专此布复，并颂

日祉。

树 年

五月七日

释文

伯简兄：

二日信收到。此信或可到在月半之前。我病已好，但依然事烦，因此疲劳而近于病，实亦不能谓之病也。霁野已见过，现回里抑北上，则未详。『第三种人』已无面目见人，则驱戴望舒为出面腔，冀在文艺上复活，远之为是。《文学》编辑，张天翼已知难而逃，现定为王统照，其实亦系傅郑辈暗中布置，操纵于后，此两公固未尝冲突也。《死魂灵百图》有白纸绸面本，正在装订，成后当奉赠。北归在即，过沪想能晤谈，企此为慰耳。专此布复，并颂

日祉。

树 顿首 五月七日

十月十五日

伯简兄：九月三十日信早到，或应或忙，遂稽答复。夏间本拟避暑，而病不脱体，未能离开医生，遂亦不能离开上海，荏苒已至晚秋，倘一出游，仍是无益。盖胃从前之肺病已愈，今胃亦弱，故致消瘦。然性命当无虞也。近仍在就医，安而调之，总较夏间差胜矣。我于世故，本拟少管闲事，专事翻译，藉以糊口，然今年作文殊不多，遂婴大病，揭卧数月，而以前以畏祸隐去之小丑，竟乘风潮，相率出现，乘我危难，大肆攻击，于是倚枕，稍稍以数言，此辈虽得名，然于人心有害，先前未见上海文风，近数年来，竟不似尚有人气也。今年由数人集资，印亡友遗著，以为纪念，已成上卷，日内当托书店寄上，至希察收，其下卷已校毕，年内当可装成耳。专此布达，并颂

时绥。

树人

十月十五夜。

## 释文

伯简兄：

九月三十日信早到，或惫或忙，遂稽答复。夏间本拟避暑，而病不脱体，未能离开医生，遂亦不能离开上海，荏苒已至晚秋，倘一止药，仍忽发热，盖胃强则肺病已愈，今胃亦弱，故致纠缠，然纠缠而已，于性命当无伤也。近仍在就医，要而论之，终较夏间差胜矣。我鉴于世故，本拟少管闲事，专事翻译，藉以糊口，故本年作文殊不多，继婴大病，槁卧数月，而以前以畏祸隐去之小丑，竟乘风潮，相率出现，乘我危难，大肆攻击，于是倚枕，稍稍报以数鞭，此辈虽猥劣，然实于人心有害，兄殆未见上海文风，近数年来，竟不复尚有人气也。今年由数人集资印亡友遗著，以为纪念，已成上卷，日内当托书店寄上，至希察收，其下卷已校毕，年内当可装成耳。专此布达，并颂

时绥。

树 顿首 十月十五夜。

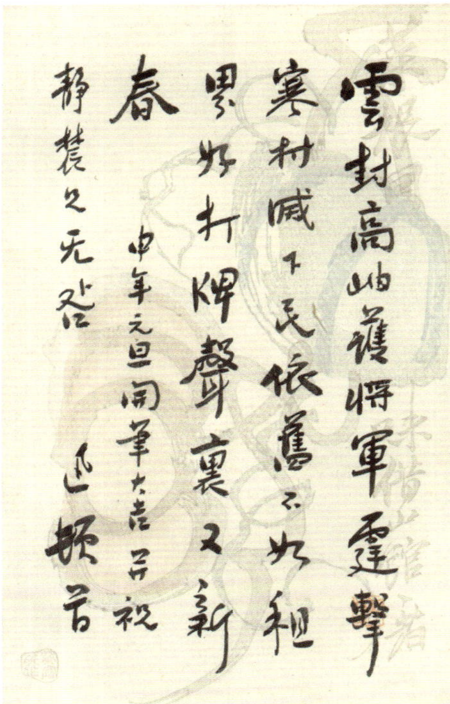
雲封高岫護將軍霆擊
寒村滅下民依舊不如租
界好打牌聲裏又新
春
申年元旦開筆大吉

# 附录

鲁迅赠台静农诗稿

台静农保存鲁迅手稿

台静农致鲁迅信

台静农题小说集两种赠鲁迅

台静农其他资料

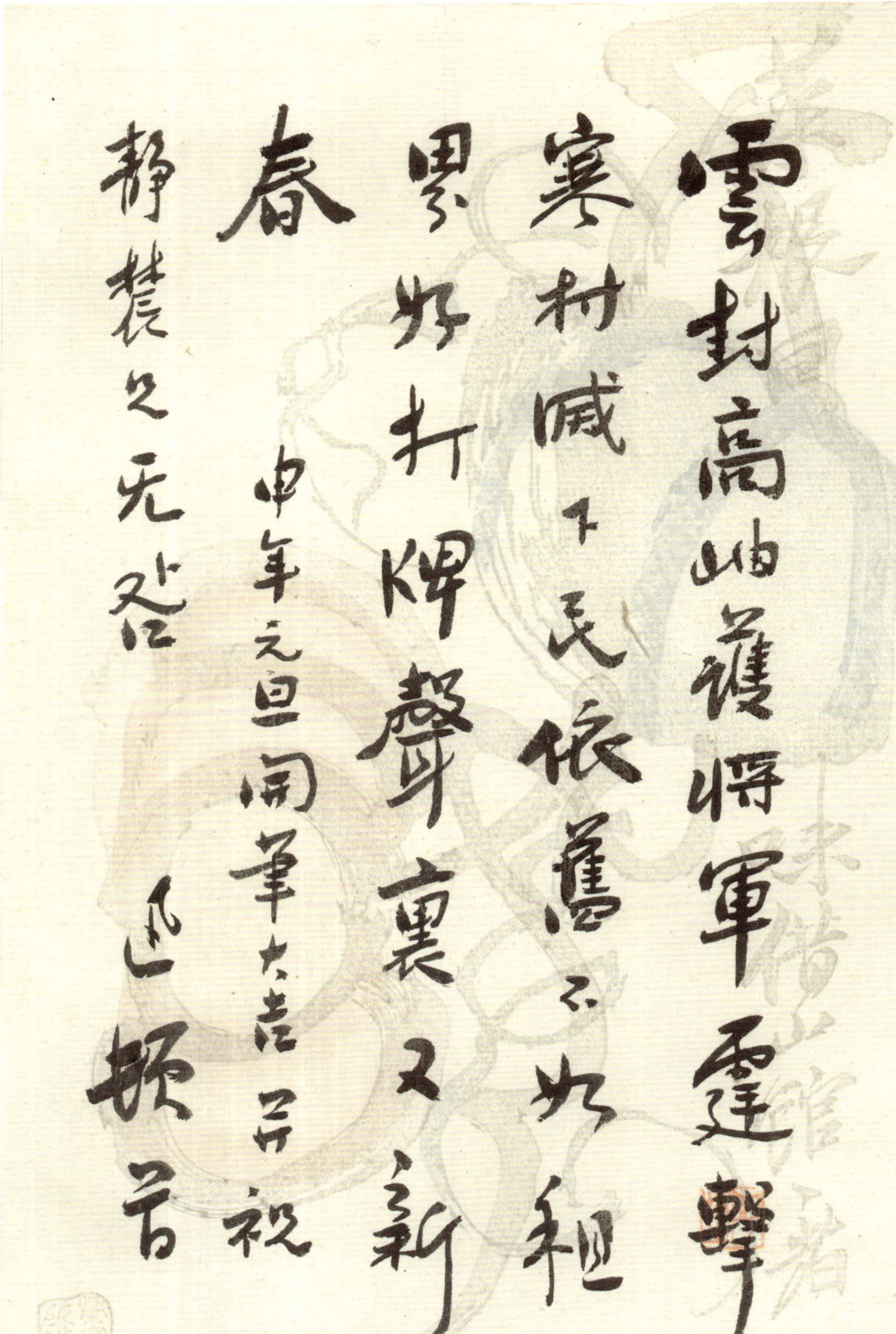
雲封高岫護將軍霆擊
寒村滅下民依舊不如租
界好打牌聲裏又新
春
酉年元旦開筆大吉并祝
靜農兄無咎
迅頓首

## 释文

云封高岫护将军，霆击寒村灭下民。依旧不如租界好，打牌声里又新春。

申年元旦开笔大吉并祝静农兄无咎

迅 顿首（一九三三年一月二十六日）

鲁迅赠台静农诗稿·闻谣戏作

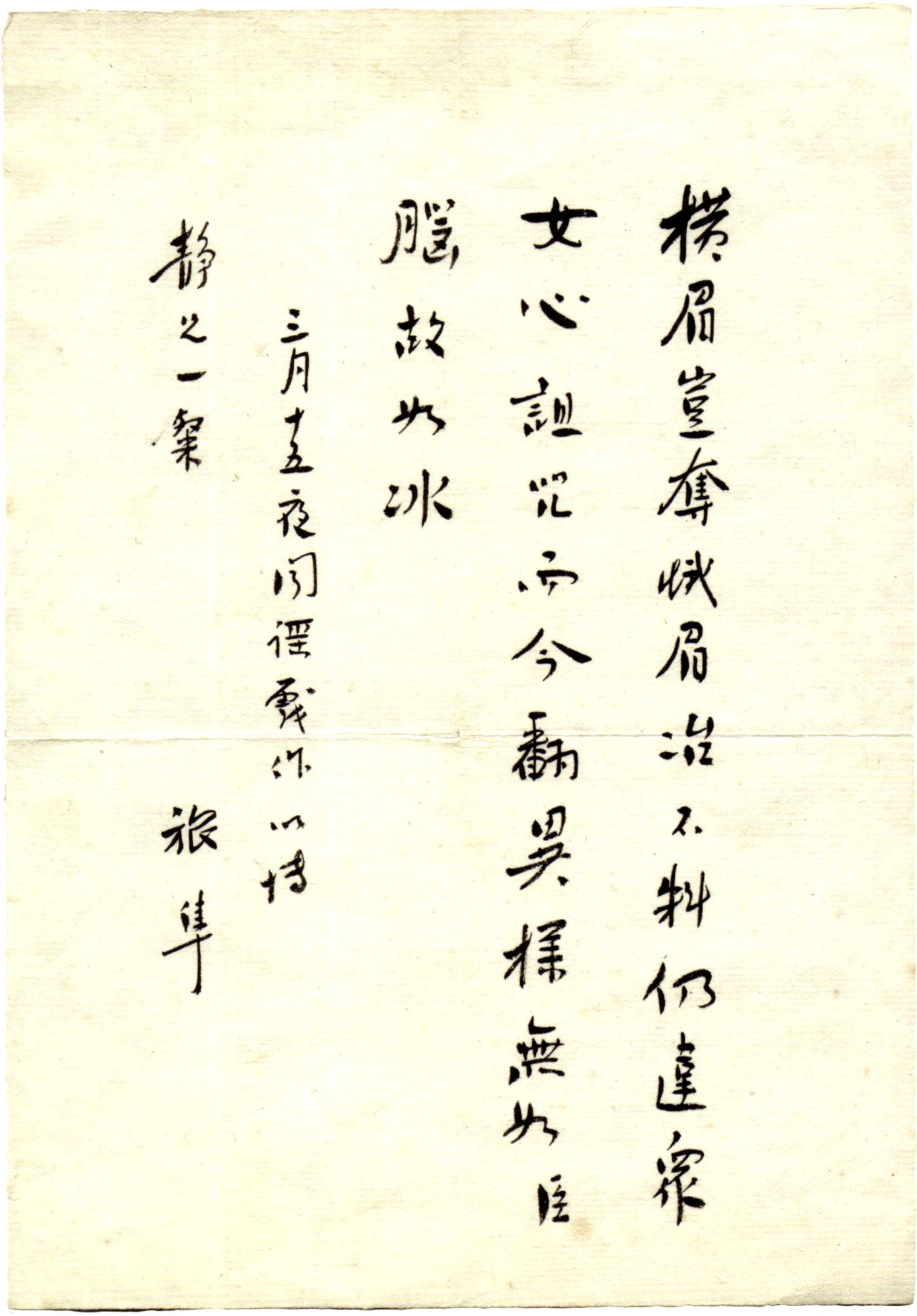
横眉豈奪蛾眉冶不料仍違衆
女心詛咒而今翻異樣無如臣
腦故如冰

三月廿五夜聞謠戲作以博

靜農一粲

旅隼

## 释 文

横眉岂夺蛾眉冶，不料仍违众女心。诅咒而今翻异样，无如臣脑故如冰。

三月十五夜闻谣戏作以博静兄一粲

旅隼（一九三四年三月十六日）

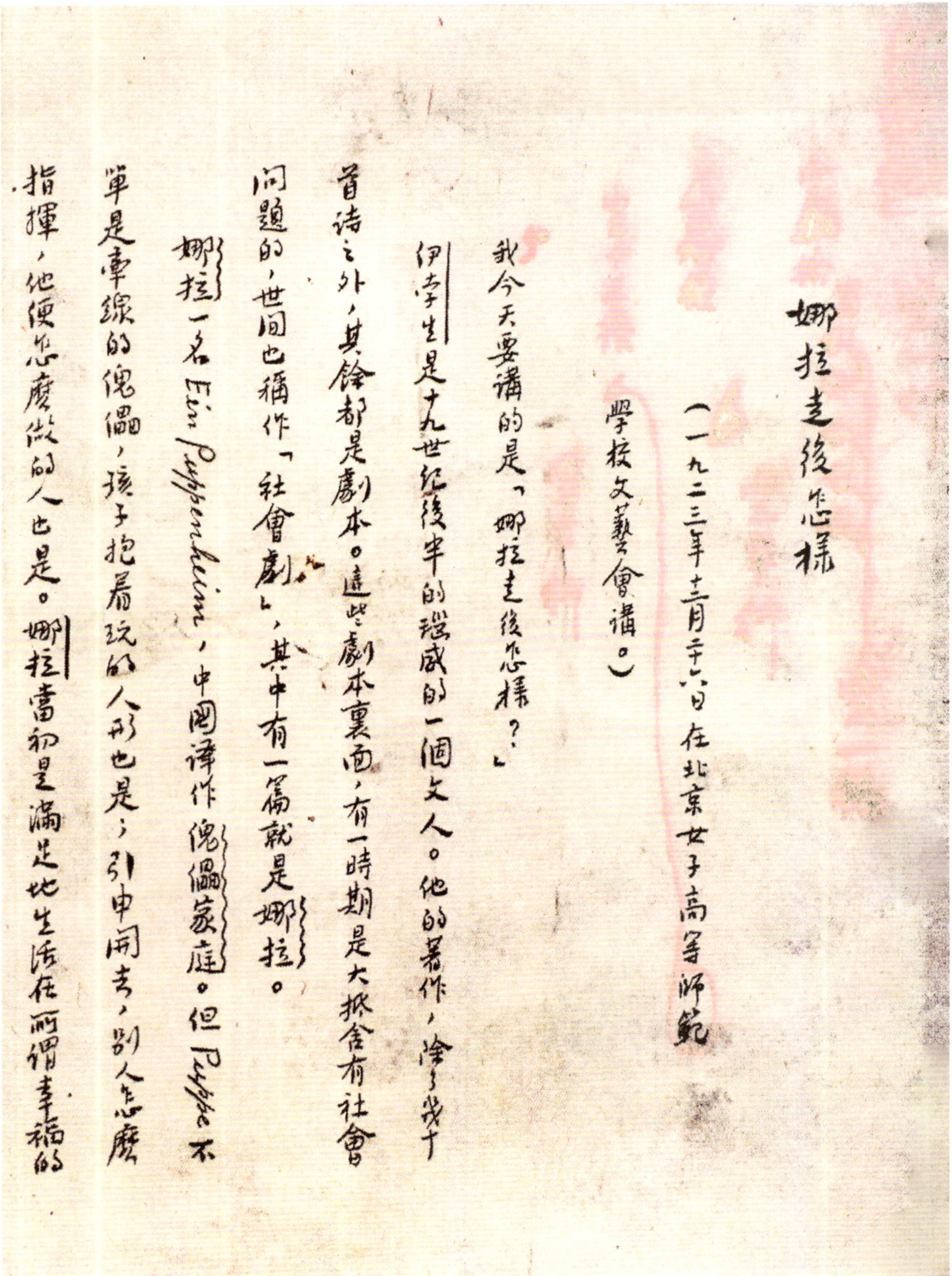

娜拉走後怎樣

（一九二三年十二月二十六日在北京女子高等師範學校文藝會講。）

我今天要講的是「娜拉走後怎樣？」

伊孛生是十九世紀後半的瑙威的一個文人。他的著作，除了幾十首詩之外，其餘都是劇本。這些劇本裏面，有一時期是大抵含有社會問題的，世間也稱作「社會劇」，其中有一篇就是娜拉。

娜拉一名Ein Puppenheim，中國譯作傀儡家庭。但Puppe不單是牽線的傀儡，孩子抱着玩的人形也是；引申開去，別人怎麼指揮，他便怎麼做的人也是。娜拉當初是滿足地生活在所謂幸福的家庭裏的，但是她竟覺悟了：自己是丈夫的傀儡，孩子們又是她的傀儡。她于是走了，只聽得關门聲，接着就是閉幕。這想來大家都知道，不必细說了。

娜拉要怎樣纔不走呢？或者說伊孛生自己有解答，就是Die Frau vom Meere，海的女人，中國有人譯作海上夫人的。這女人是已經結婚的了，然而先前有一個愛人在海的彼岸，一日突然尋來，叫她一同去。她便告知她的丈夫，要和那外來人會面。臨末，她的丈夫說，「現在放你完全自由。（走與不走）你能夠自己選擇，並且還要自己負責任。」于是什麼事全都改變，她就不走了。這樣看來，娜拉倘也得到這樣的自由，或者也便可以安住。

但娜拉畢竟是走了的。走了以後怎樣？伊孛生並無解答；而且他已經死了。即使不死，他也不負解答的責任。因為伊孛生是在做詩，不是為社會提出問題來而且代為解答。就如黃鶯一樣，因為他自己要歌唱，所以他歌唱，不是要唱給人們聽得有趣，有益。伊孛生是很不通世故的，相傳在許多婦女們一同招待他的宴會上，代表者起來致謝他作了《傀儡家庭》，將女性的自覺，解放這些事，給人心以新的啟示的時候，他卻答道，我寫那篇卻並不是這意思，我不過是做詩。

娜拉走後怎樣？——別人可是也發表過意見的。一個英國人曾作一篇戲劇，說一個新式的女子走出家庭，再也沒有路走，終於墮落，進了妓院了。還有一個中國人，——我稱他什麼呢？上海的文學家罷，——說他所見的娜拉是和現譯本不同，娜拉終于回來了。這樣的本子可惜沒有第二人看見，除非是伊孛生自己寄給他的。但從事理上推想起來，娜拉或者也實在只有兩條路：不是墮落，就是回來。因為如果是一匹小鳥，則籠子裏固然不自由，而一出籠门，外面便又有鷹，有貓，以及別的什麽東西之類；倘使已經關得麻痹了翅子，忘却了飛翔，也誠然是無路可以走。還有一條，就是餓死了，但餓死已經離開了生活，更無所謂問題，所以也不是什麽路。

人生最苦痛的是夢醒了無路可以走。做夢的人是幸福的；倘沒有看出可走的路，最要緊的是不要去驚醒他。你看，唐朝的詩人李賀，不是困頓了一世的麽？而他臨死的時候，却對他的母親說，「阿媽，上帝造成了白玉樓，叫我做文章落成去了。」這豈非明明是一個誑，一個夢？然而一個小的和一個老的，一個死的和一個活的，死的高興地死去，活的放心地活着。說誑和做夢，在這些時候便見得偉大。所以我想，假使尋不出路，我们所要的倒是夢。

但是，萬不可做將來的夢。阿爾志跋綏夫曾經借了他所做的小說，質問過夢想將來的黃金世界的理想家，因為要造那世界，先喚起許多人們來受苦。他說，「你們將黃金世界預約給他們的子孫了，可是有什麼給他們自己呢？」有是有的，就是將來的希望。但代價也太大了，為了這希望，要使人練敏了感覺來更深切地感到自己的苦痛，叫起靈魂來目覩他自己的腐爛的屍骸。惟有說誑和做夢，這些時候便見得偉大。所以我想，假使尋不出路，我們所要的就是夢；但不要將來的夢，只要目前的夢。

然而娜拉既然醒了，是很不容易回到夢境的，因此只得走；可是走了以後，有時卻也免不掉墮落或回來。否則，就得問：她除了覺醒的心以外，還帶了什麼去？倘只有一條像諸君一樣的紫紅的絨繩的圈中，那可是無論寬到二丈或三丈，也完全是不中用。她還須更富有，提包裏有準備，直白地說，就是要有錢。

夢是好的；否則，錢是要緊的。

錢這個字很難聽，或者要被高尚的君子們所非笑，但我總覺得人們的議論是不但昨天和今天，即使飯前和飯後，也往往有些差別。凡承認飯需錢買，而以說錢為卑鄙者，倘能按一按他的胃，那裏面怕總還有魚肉沒有消化完，須得餓他一天之後，再來聽他發議論。

所以為娜拉計，錢，——高雅地說罷，就是經濟，是最要緊的了。自由固不是錢所能買到的，但能夠為錢而賣掉。人類有一個大缺點，就是常常要饑餓。為補救這缺點起見，為準備不做傀儡起見，在目下的社會裏，經濟權就見得最要緊了。第一，在家應該先獲得男女平均的分配；第二，在社會應該獲得男女相等的勢力。可惜我不知道這權柄如何取得，單知道仍然要戰鬥，或者也許比要求參政權更要用劇烈的戰鬥。

要求經濟權固然是很平凡的事，然而也許比要求高尚的參政權以及博大的女子解放之類更煩難。天下事儘有小作為比大作為更煩難的。譬如現在似的冬天，我們只有這一件棉襖，然而必須救助一個將要凍死的苦人，否則便須坐在菩提樹下冥想普度一切人類的方法去。普度一切人類和救活一人，大小實在相去太遠了，然而倘叫我挑選，我就立刻到菩提樹下去坐着，因為免得脫下唯一的棉襖來凍殺自己。所以在家裏說要參政權，是不至於大遭反對的，一說到經濟的平均分配，或不免面前就遇見敵人，這就當然要有劇烈的戰鬥。

戰鬥不算好事情，我們也不能責成人人都是戰士，那麽，平和的方法也就可貴了，這就是將来利用了親權來解放自己的子女。
中國的親權是無上的，那時候，就可以將財產平勻地分配子女们，
使他们平和而沒有衝突地都得到相等的經濟權，此後或者去讀
書，或者去生發，或者為自己去享用，或者為社會去做事，或者
去花完，都請便，自己負責任。這雖然也是頗遠的夢，可是比黃
金世界的夢近得不少了。但第一需要記性。記性不佳，是有益于己而
有害于子孫的。人们因為能忘卻，所以自己能漸漸地脫離了受過的苦
痛，也因為能忘卻，所以往往照樣地再犯前人的錯誤。被虐待的兒媳
做了婆婆，仍然虐待兒媳；嫌惡學生的官吏，每是先前痛罵官
吏的學生；現在壓迫子女的，有時也就是十年前的家庭革命者。
這也許與年齡和地位都有關係罷，但記性不佳也是一個很大的原因。

救濟法就是各人去買一本notebook來，將自己現在的思想舉動都記上，作為將來年齡和地位都改變了之後的參考。假如憎惡孩子要到公園去的時候，取來一翻，看見上面有一條道，「我想到中央公園去」，那就即刻心平氣和了。別的事也一樣。

世間有一種無賴精神，那要義就是韌性。聽說拳匪亂後，天津的的青皮，就是所謂無賴者很跋扈，譬如給人搬一件行李，他就要兩元，對他說這行李小，他說要兩元，對他說道路近，他說要兩元，對他說不要搬了，他說也仍然要兩元。青皮固然是不足為法的，而那韌性卻大可以佩服。要求經濟權也一樣，有人說這事情太陳腐了，就答道要經濟權；說是太卑鄙了，就答道要經濟權；說是經濟制度就要改變了，用不着再操心，也仍然答道要經濟權。

其實，在現在，一個娜拉的出走，或者也許不至于感到困難的，因為這人物很特別，舉動也新鮮，能得到若干人們的同情，幫助着生活。生活在人們的同情之下，已經是不自由了，然而倘有一百個娜拉出走，便連同情也減少，有一千一萬個出走，就得到厭惡了，斷不如自己握着經濟權之為可靠。

在經濟方面得到自由，就不是傀儡了麼？也還是傀儡。無非被人所牽的事可以減少，而自己能牽的傀儡可以增多罷了。因為在現在的社會裏，不但女人常作男人的傀儡，就是男人和男人，女人和女人，也相互地作傀儡，男人也常作女人的傀儡，這決不是幾個女人取得經濟權所能救的。但人不能餓着靜候理想世界的到來，至少也得留一點殘喘，正如涸轍之鮒，急謀升斗之水一樣，就要這較為切近的經濟權，一面再想別的法。

如果經濟制度竟改革了，那上文當然完全是廢話。

然而上文，是又將娜拉當作一個普通的人物而說的，假使她很特別，自己情願闖出去做犧牲，那就又另是一回事。我們無權去勸誘人做犧牲，也無權去阻止人做犧牲。況且世上也儘有樂於犧牲，樂於受苦的人物。歐洲有一個傳說，耶穌去釘十字架時，休息在Ahasvar的簷下，Ahasvar不准他，于是被了咒詛，使他永世不得休息，直到末日裁判的時候。Ahasvar從此就歇不下，只是走，現在還在走。走是苦的，安息是樂的，他何以不安息呢？雖說背着咒詛，可是大約總該是覺得走比安息還適意，所以始終

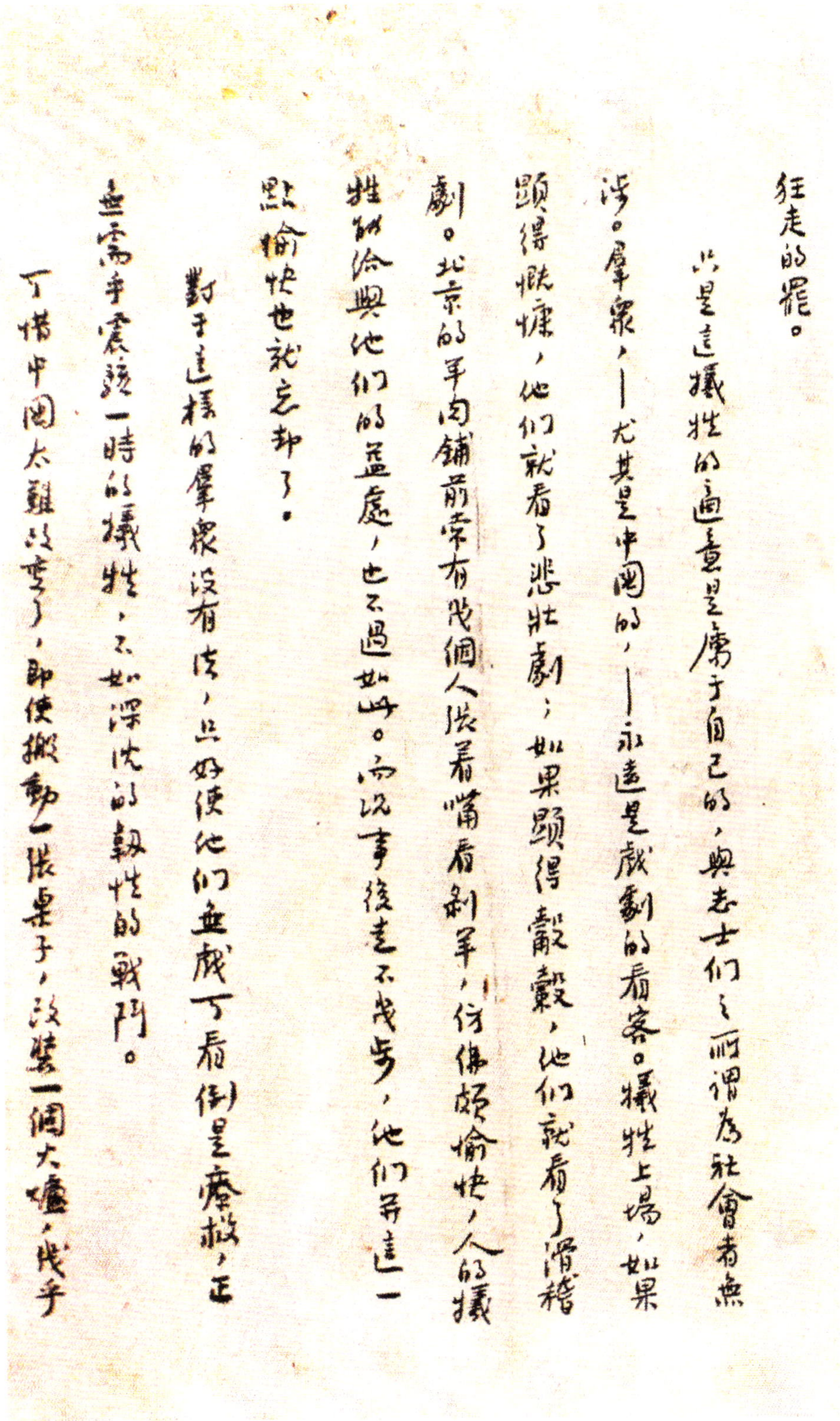

狂走的罷。

只是這犧牲的適意是屬于自己的，與志士们之所謂為社會者無涉。羣衆，——尤其是中國的，——永遠是戲劇的看客。犧牲上場，如果顯得慷慨，他们就看了悲壯劇；如果顯得觳觫，他们就看了滑稽劇。北京的羊肉鋪前常有幾個人張着嘴看剝羊，彷彿頗愉快，人的犧牲能給與他们的益處，也不過如此。而況事後走不幾步，他们並這一點愉快也就忘却了。

對于這樣的羣衆沒有法，只好使他们無戲可看倒是療救，正無需乎震駭一時的犧牲，不如深沉的韌性的戰鬥。

可惜中國太難改變了，即使搬動一張桌子，改裝一個火爐，幾乎也要血；而且即使有了血，也未必一定能搬動，能改裝。不是很大的鞭子打在背上，中國自己是不肯動彈的。我想這鞭子總要來，好壞是別一問題，然而總要打到的。但是從那里來，怎麼地來，我也是不能確切地知道。

我這講演也就此完結了。

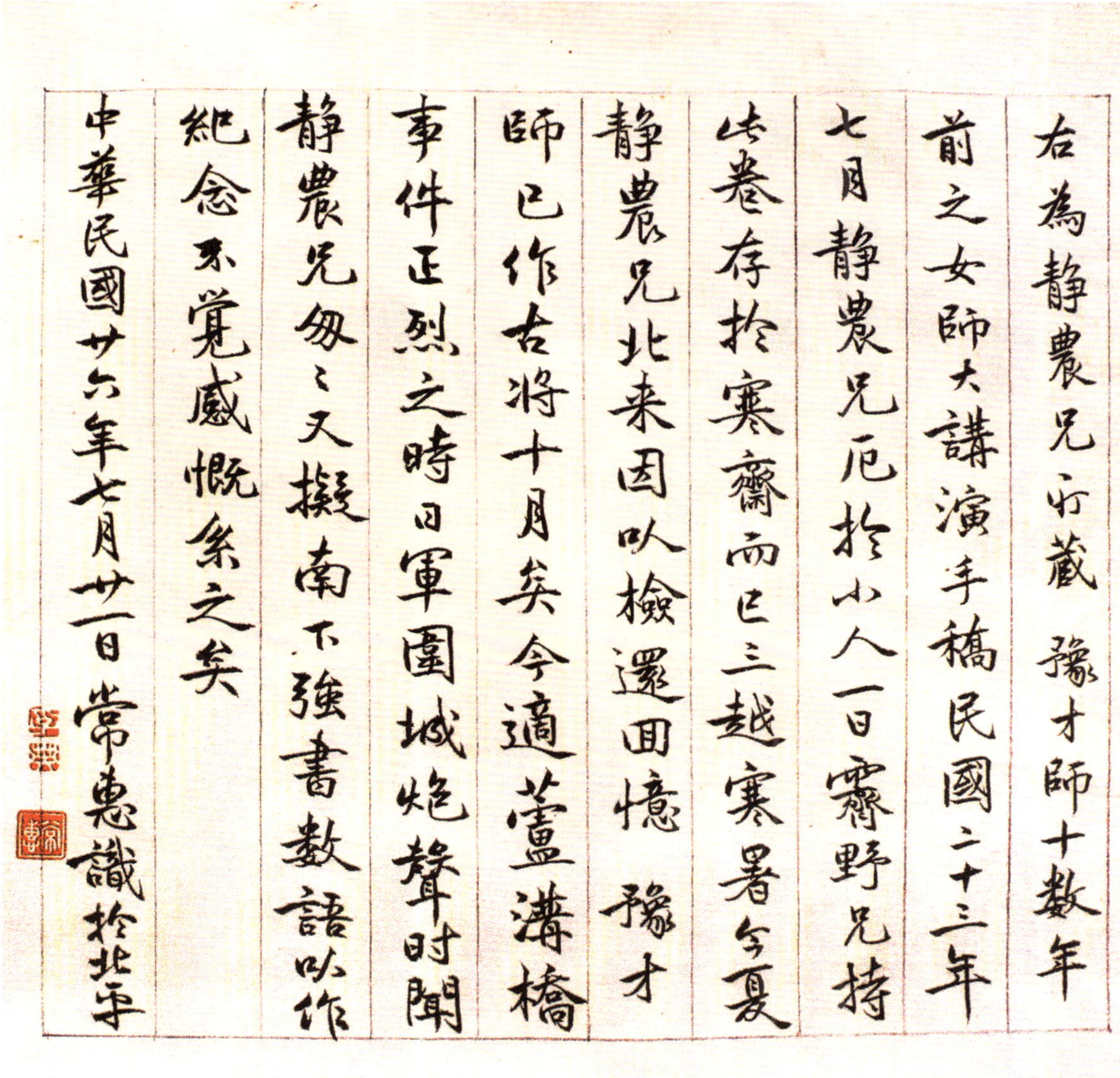

右為靜農兄所藏 豫才師十數年前之女師大講演手稿民國二十三年七月靜農兄厄於小人一日霽野兄持此卷存於寒齋而已三越寒暑今夏靜農兄北來因以檢還回憶 豫才師已作古將十月矣今適蘆溝橋事件正烈之時日軍圍城炮聲時聞靜農兄匆匆又擬南下強書數語以作紀念不覺感慨系之矣

中華民國廿六年七月廿一日常惠識於北平

廿六年夏靜農自青島來小住寒齋約爲整理魯迅先生遺著會日軍作釁景宋女士不克至毋毋將銖蕪湖示余此卷披誦摩挲百感交集纍纍先生在北京大學主講小說史指摘新思箴砭舊適啓愚發蒙終身寶佩聞嘗偕靜農詣門請益又不以頑梗棄每茶酒縱談至於夜分循循不倦一九三六以後先生遊教南徼寄跡滬上世道險巇音書若絕然師友問訊中未嘗不殷殷垂念建功無似十數年間浮沈顛沛實無以報

懸而靜農坎坷奔走乾乾惕厲視
先生道愈弘數若窮泰然巍然無所動者當更能有以恢
擴謹守
先生遺訓不敢作頹廢想願靜農共勉之
如皋魏建功敬書於北平獨後來堂

右為亡友周豫材先生遺墨靜農兄所藏
豫材先生逝世後之次年夏靜農兄來北平以
往出此卷屬書數語蒼困固陋憶十四年前與

豫材、豈明、思仲及許君季市、徐君耀辰、鄭君介石，為北京女子高等師範學校事，努力奮鬥，卒使「女師」光復舊物，不禁神往。「女師」後雖不幸夭折，然此學園不無可紀念之價值。余讀豫材先生講演遺稿，不僅懷念亡友，尤深為已亡之「女師」致慨也。豫材先生學行文章，功在民國，僅曾恭撰挽聯曰：「熟

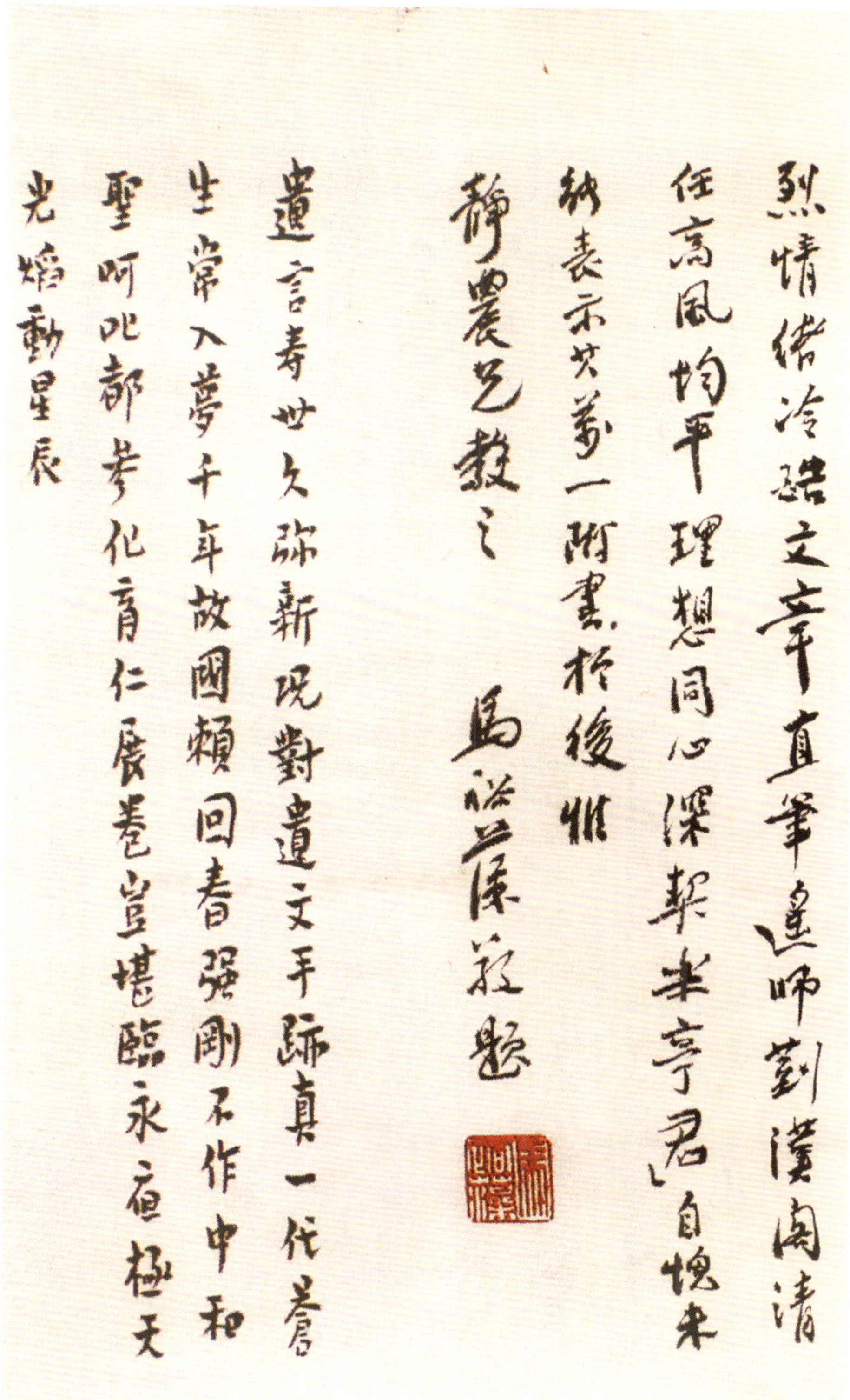

烈情借冷語文章直筆邃師劉漢陶清
任高風均平理想同心深契未亭君自愧未
能表示其萬一附書於後惟
靜農先生教之　馬叙倫敬題
遺言壽世久彌新現對遺文手跡真一代蒼
生常入夢千年故國賴回春强剛不作中和
聖呵叱部孝化育仁展卷豈堪臨永夜極天
光焰動星辰

二十年前事可哀坐看狐鼠又重回仰企先烈
真多愧俯揖来昆更乏才空有高丘無女歎
未消芳蕙隕風災人間代代傳薪火火燼猶
能贖劫灰
一九四六年春女子師範學院橫被解散撑拒
數月入夏而潰白蒼山院空廢　曾與　靜農
先生猶共羈居晨夕過從爰假所藏　魯迅
先生曩在女子師範大學講演手稿卷子敬
觀泰山梁木方深戚愴且緣　馬幼漁先生跋
文念狐鼠縱橫今昔如一而力微莫禦復愧往

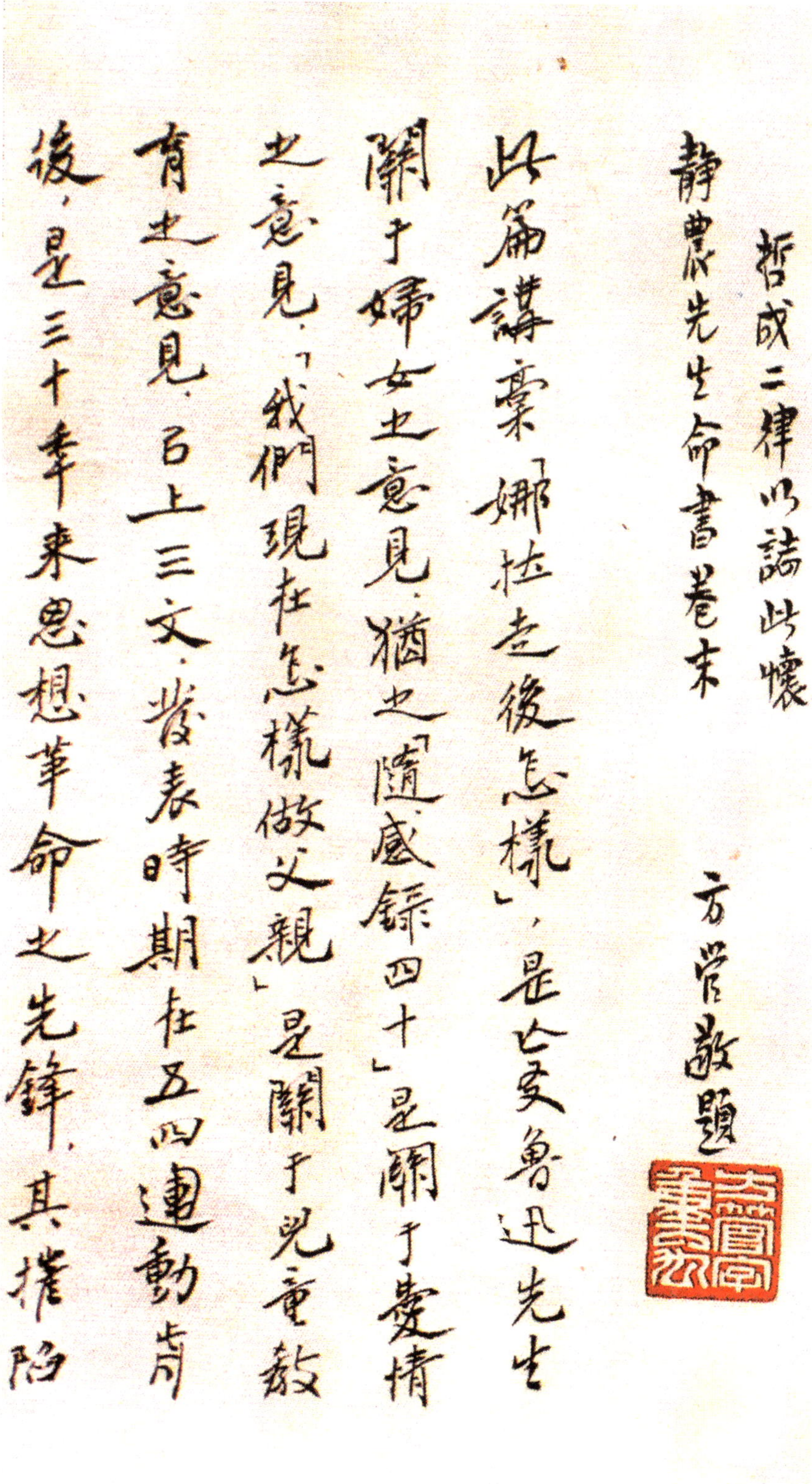
哲成二律以誌此懷
靜農先生命書卷末　方管敬題

此篇講稿「娜拉走後怎樣」，是亡友魯迅先生關于婦女之意見，猶之「隨感錄四十」是關于愛情之意見，「我們現在怎樣做父親」是關于兒童教育之意見，已上三文，發表時期在五四運動前後，是三十年來思想革命之先鋒，其權隱

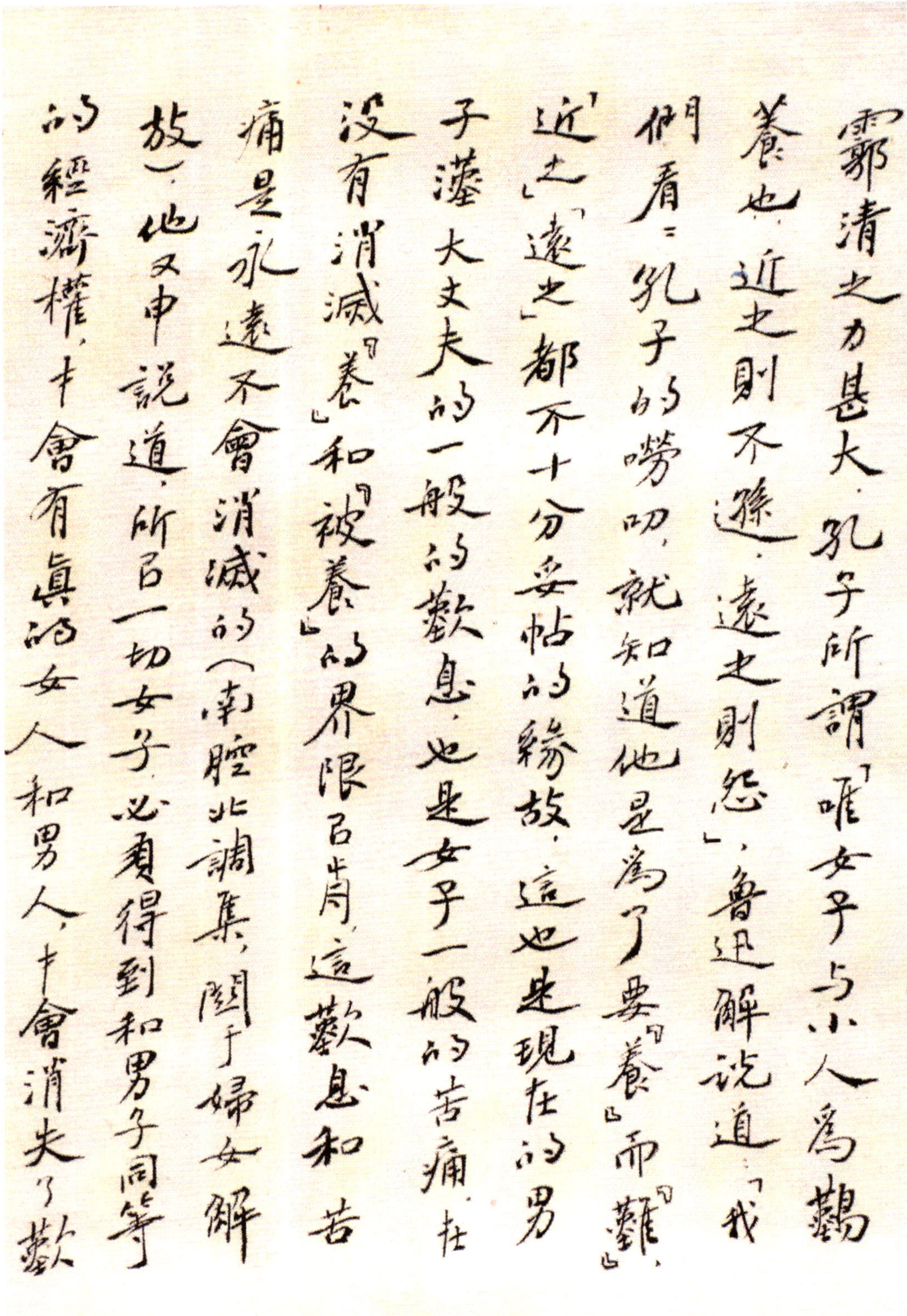

靡清之力甚大，孔子所謂「唯女子与小人為難養也，近之則不孫，遠之則怨」，魯迅解説道「我們看〃孔子的嘮叨，就知道他是為了要『養』而『難』，「近」之「遠」之都不十分妥帖的緣故，這也是現在的男子漢大丈夫的一般的歎息，也是女子一般的苦痛，在沒有消滅『養』和『被養』的界限以前，這歎息和苦痛是永遠不會消滅的（南腔北調集，關于婦女解放），他又申説道，所以一切女子，必須得到和男子同等的經濟權，才會有真的女人和男人，才會消失了歎

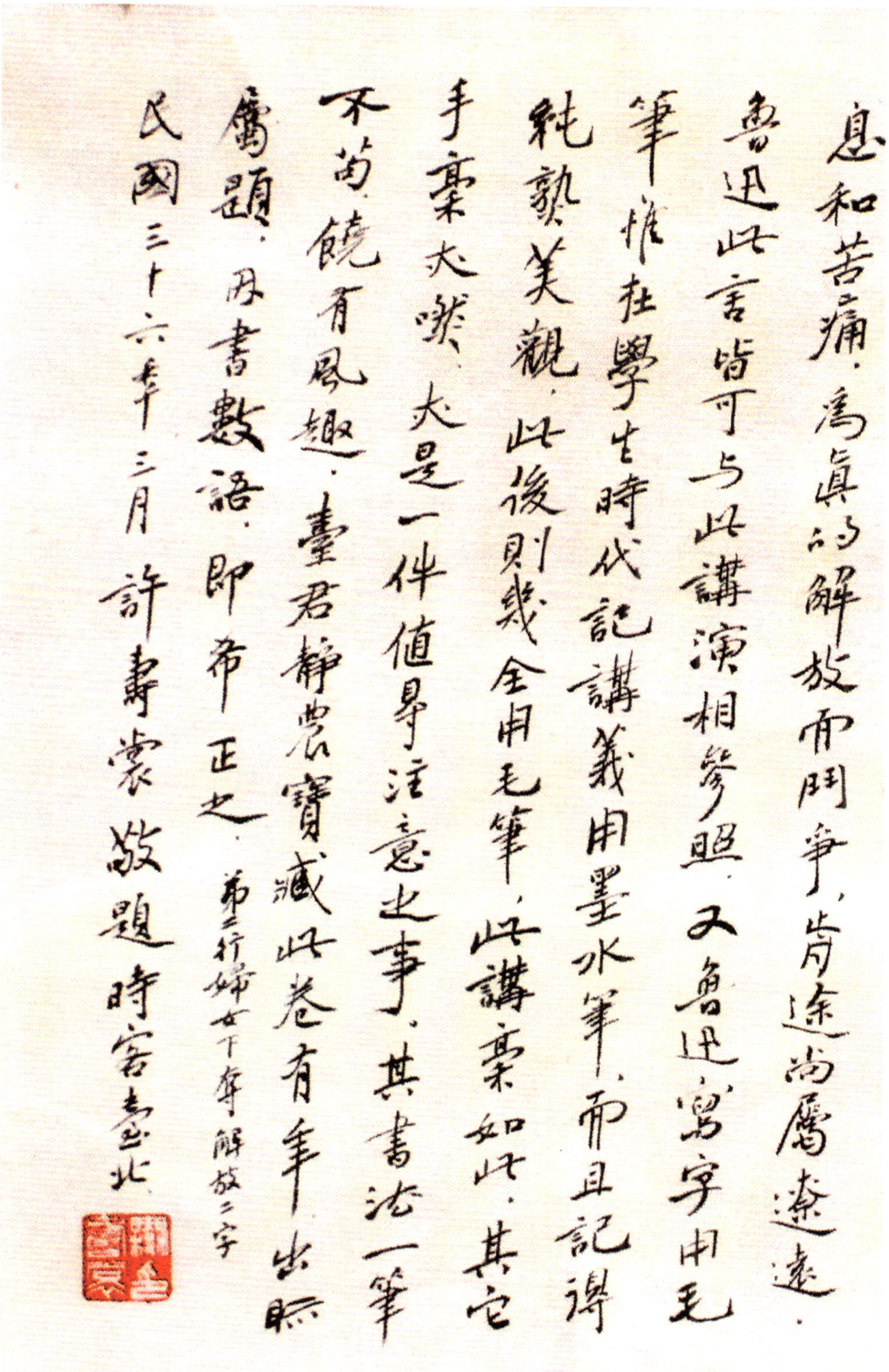

息和苦痛，為眞的解放而鬥爭，前途尚屬遼遠。魯迅此言皆可與此講演相參照。又魯迅寫字用毛筆，惟在學生時代記講義用墨水筆，而且記得純熟美觀。此後則幾全用毛筆。此講稾如此，其它手稾亦然，大是一件值得注意之事。其書法一筆不苟，饒有風趣。臺君靜農寶藏此卷有年，出照屬題，因書數語，即希正之。第二行婦女下奪解放二字

民國三十六年三月 許壽裳敬題 時客臺北

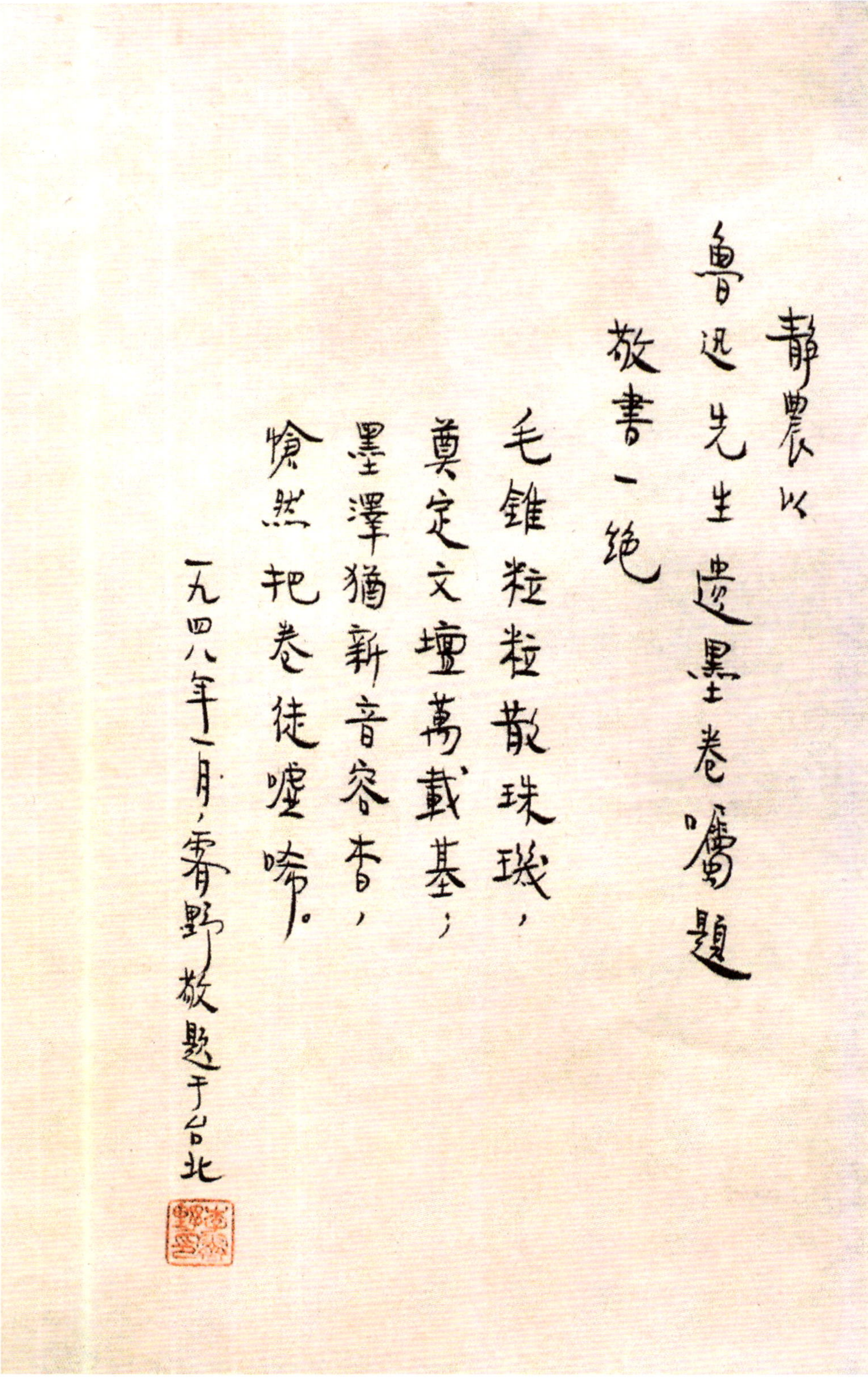

静農以

魯迅先生遺墨卷囑題

敬書一絕

毛錐粒粒散珠璣，

奠定文壇萬載基；

墨澤猶新音容杳，

愴然把卷徒唏噓。

一九四八年二月，霽野敬題于台北

## 释文

**说明：**鲁迅《娜拉走后怎样》讲演手稿由台静农装裱为手卷收藏，卷首有常惠夫人葛孚英题字：『豫才先生讲演手稿一九三七年七月葛孚英敬题』。鲁迅手稿后则有台静农的印章（『澹台静农所藏』），其后又有常惠、魏建功、马裕藻（幼渔）、方管（舒芜）、许寿裳、李霁野六位友人书写的题跋。《娜拉走后怎样》的释文这里从略，六人题跋释文见后（前四篇酌加标点）。

右为静农兄所藏豫才师十数年前之女师大讲演手稿。民国二十三年七月静农兄厄于小人，一日，霁野兄持此卷存于寒斋，而已三越寒暑。今夏静农兄北来，因以检还。回忆豫才师已作古将十月矣。今适芦沟桥事件正烈之时，日军围城炮声时闻，静农兄匆匆又拟南下，强书数语，以作纪念，不觉感慨系之矣！

中华民国廿六年七月廿一日，常惠识于北平（印章：『孚英』『常惠』）

廿六年夏，静农自青岛来小住寒斋，约为整理鲁迅先生遗著。会日军作衅，景宋女士不克至，匆匆将归芜湖，示余此卷，披诵摩挲，百感交集。曩先生在北京大学主讲小说史，指㧑新思，箴砭旧痼，启愚发蒙，终身宝佩。间尝偕静农诣门请益，又不以顽梗弃，每茶酒纵谈至于夜分，循循不倦。一九三[二]六以后先生游教南檄，寄迹沪上，世道险巇，音书若绝。然师友问讯中，未尝不殷殷垂念。建功无似，十数年间浮沈颠沛，实无以报慰。而静农坎砢奔走，乾乾惕厉，视先生道愈弘；数若穷，泰然巍然无所动者，当更能有以恢扩。谨守先生遗训，不敢作颓废想，愿静农共勉之。

如皋魏建功敬书于北平独后来堂（印章：『魏建功』）

右为亡友周豫材[才]先生遗墨，静农兄所藏。豫材[才]先生逝世后之次年夏，静农兄来北平小住，出是卷属书数语。藻因回忆十四年前与豫材[才]、岂明昆仲及许君季市、徐君耀辰、郑君介石，为北京女子高等师范学校事务力奋斗，卒使『女师』光复旧物，不禁神往。『女师』后虽不幸夭折，然此举固不无可资纪念之价值。余读豫材［才］先生讲演遗稿，不仅恸念亡友，尤深为已亡之『女师』致慨也。豫材［才］先生学行文章，功在民国，藻曾恭撰挽联曰：『热烈情绪，冷酷文章，直笔遥师蓟汉阁；清任高风，均平理想，同心深契乐亭君』，自愧未能表示其万一，附书于后，惟静农兄教之。

马裕藻敬题（印章：『马裕藻』）

遗言寿世久弥新，况对遗文手迹真。一代苍生常入梦，千年故国赖回春。强刚不作中和圣，呵叱都参化育仁。展卷岂堪临永夜，极天光焰动星辰。

二十年前事可哀，坐看狐鼠又重回。仰企先烈真多愧，俯接来昆更乏才。空有高丘无女叹，未消芳蕙陨风灾。人间代代传薪火，火烬犹能剩劫灰。

一九四六年春，女子师范学院横被解散，撑拒数月，入夏而溃。白苍山既空废，管与静农先生犹共羁居，晨夕过从，爰假所藏鲁迅先生曩在女子师范大学讲演手稿卷子敬观，泰山梁木，方深感怆，且缘马幼渔先生跋文，念狐鼠纵横，今昔如一，而力微莫御，复愧往哲。成二律以志此怀。

静农先生命书卷末　方管敬题（印章：『方管字重禹』）

此篇讲稿《娜拉走后怎样》，是亡友鲁迅先生关于妇女之意见，犹之《随感录四十》是关于爱情之意见，《我们现在怎样做父亲》是关于儿童教育之意见。以上三文，发表时期在五四运动前后，是三十年来思想革命之先锋，其摧陷廓清之力甚大。孔子所谓『唯女子与小人为难养也，近之则不逊，远之则怨』，鲁迅解说道：『我们看看孔子的唠叨，就知道他是为了要「养」而「难」，「近之」「远之」都不十分妥帖的缘故。这也是现在的男子汉大丈夫的一般的叹息，也是女子一般的苦痛，在没有消灭「养」和「被养」的界限以前，这叹息和苦痛是永远不会消灭的。』（《南腔北调集·关于妇女解放》）他又申说道，所以一切女子必须得到和男子同等的经济权，才会有真的女人和男人，才会消失了叹息和苦痛，为真的解放而斗争，前途尚属辽远。鲁迅此言皆可与此讲演相参照。又鲁迅写字用毛笔，惟在学生时代记讲义用墨水笔，而且记得纯熟美观，此后则几全用毛笔，此讲稿如此，其它手稿亦然，亦是一件值得注意之事。其书法一笔不苟，饶有风趣。台君静农宝藏此卷有年，出示属题，因书数语，即希正之。第二行『妇女』下夺『解放』二字

民国三十六年三月许寿裳敬题，时客台北（印章：『许寿裳印』）

静农以鲁迅先生遗墨卷嘱题，敬书一绝

毛锥粒粒散珠玑，
奠定文坛万载基；
墨泽犹新音容杳，
怆然把卷徒嘘唏。

一九四八年一月，霁野敬题于台北（印章：『李霁野印』）

## 台静农致鲁迅信·一九二五年十月十三日

鲁迅先生：

寄上给《莽原》文一篇，请为删正，能使骂得越中肯越好。先生在女师大教授的散文，倘已选定，不知能否为弄一份讲义？不然，即望将所选的目录示知。此请

近好

学生静农 上

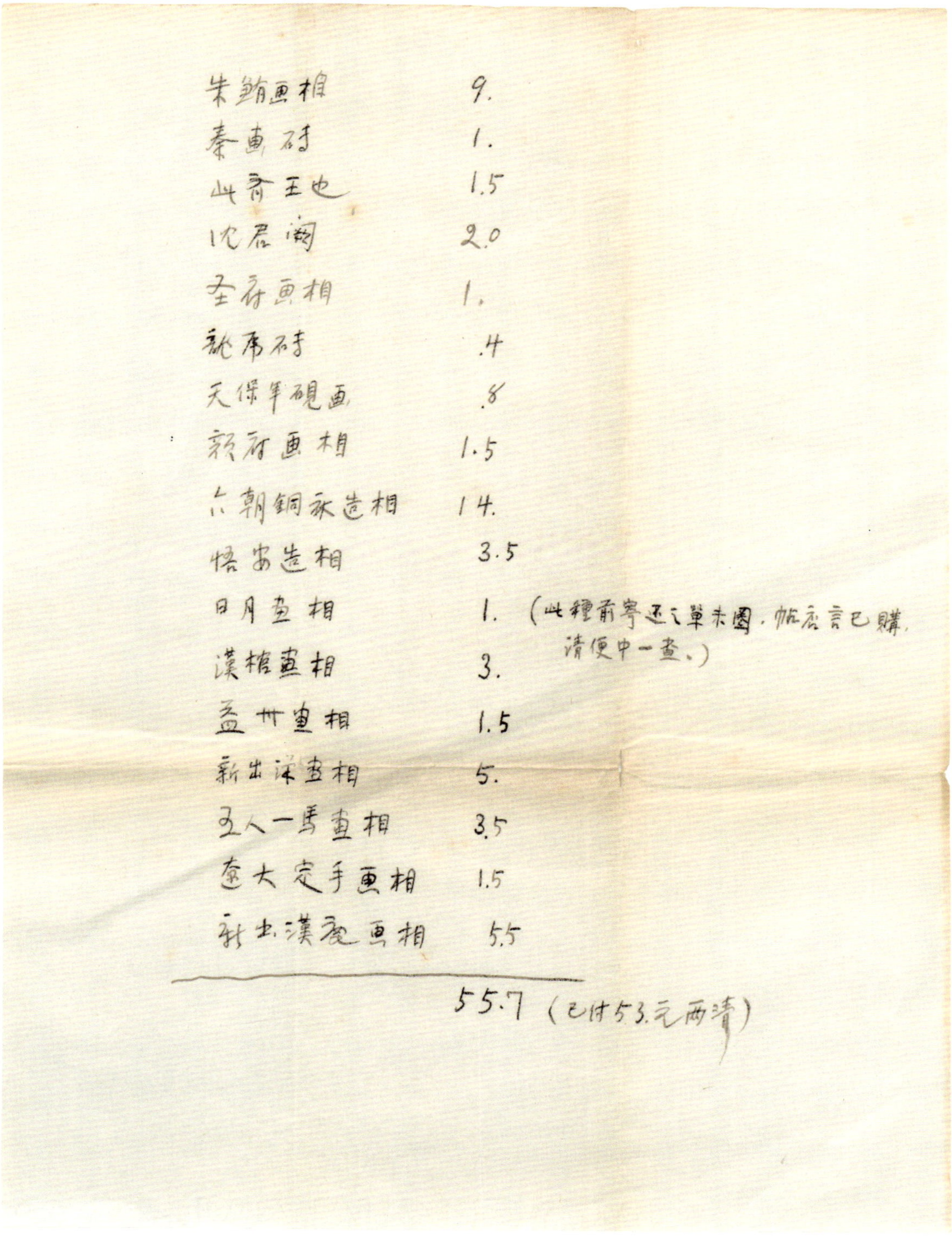

| | |
|---|---|
| 朱鮪画相 | 9. |
| 秦画磚 | 1. |
| 此齊王也 | 1.5 |
| 沈君闕 | 2.0 |
| 聖存画相 | 1. |
| 龍虎磚 | .4 |
| 天保年硯画 | .8 |
| 穎存画相 | 1.5 |
| 六朝銅永造相 | 14. |
| 悟安造相 | 3.5 |
| 日月画相 | 1.（此種前寄還之單未圈，帖店言已購，請便中一查。） |
| 漢棺画相 | 3. |
| 益州画相 | 1.5 |
| 新出漢画相 | 5. |
| 五人一馬画相 | 3.5 |
| 奈大定手画相 | 1.5 |
| 新出漢魔画相 | 5.5 |

55.7（已付53.元兩清）

台静农致鲁迅信·一九三五年六月一日

朱鲔画相 9.

秦画砖 1.

此齐王也 1.5

沈君阙 2.0

圣府画相 1.

龙虎砖 .4

天保年砚画 .8

颜府画相 1.5

六朝铜床造相 14.

悟安造相 3.5

日月画相 1.（此种前寄还之单未圈，帖店言已购，请便中一查。）

汉棺画相 3.

益州画相 1.5

新出洋画相 5.

五人一马画相 3.5

辽大定手画相 1.5

新出汉鹿画相 5.5

55.7（已付 53. 元两清）

**说明：**

此为台静农致鲁迅信所附汉画像清单，原信已佚。

台静农题小说集两种赠鲁迅·《地之子》

北平未名社出版部一九二八年初版。题字为『试作呈鲁迅师　静农』。

台静农题小说集两种赠鲁迅·《建塔者及其它》

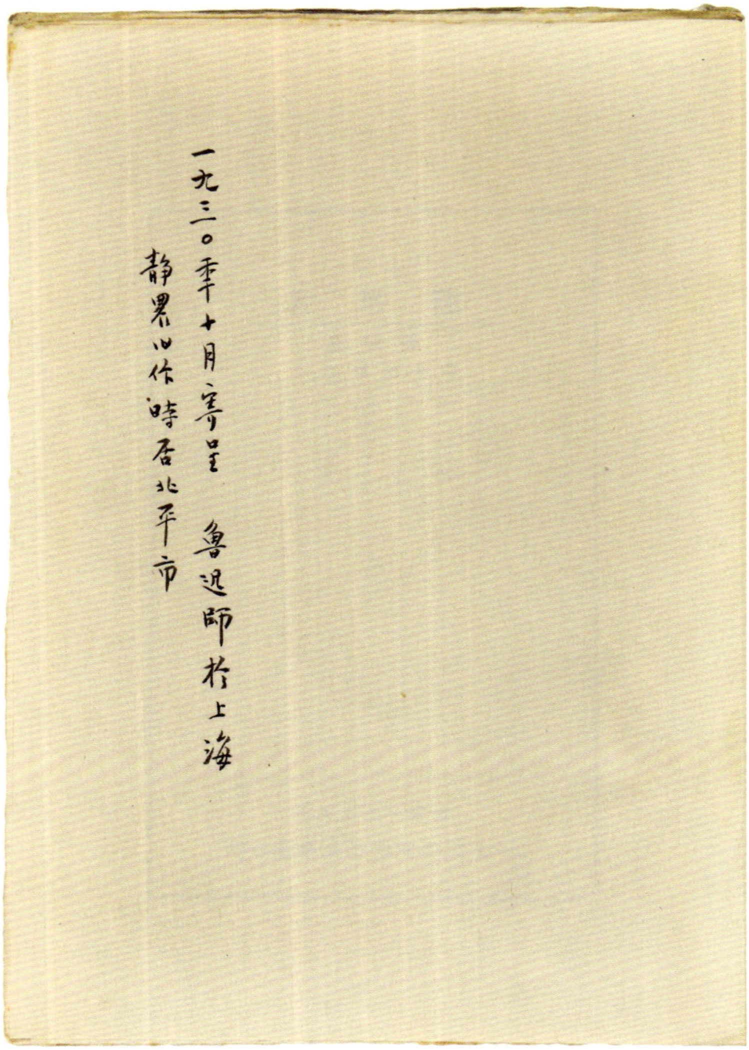


北平未名社一九三〇年初版，题字为『一九三〇年十月寄呈　鲁迅师于上海　静农旧作时居北平市』。

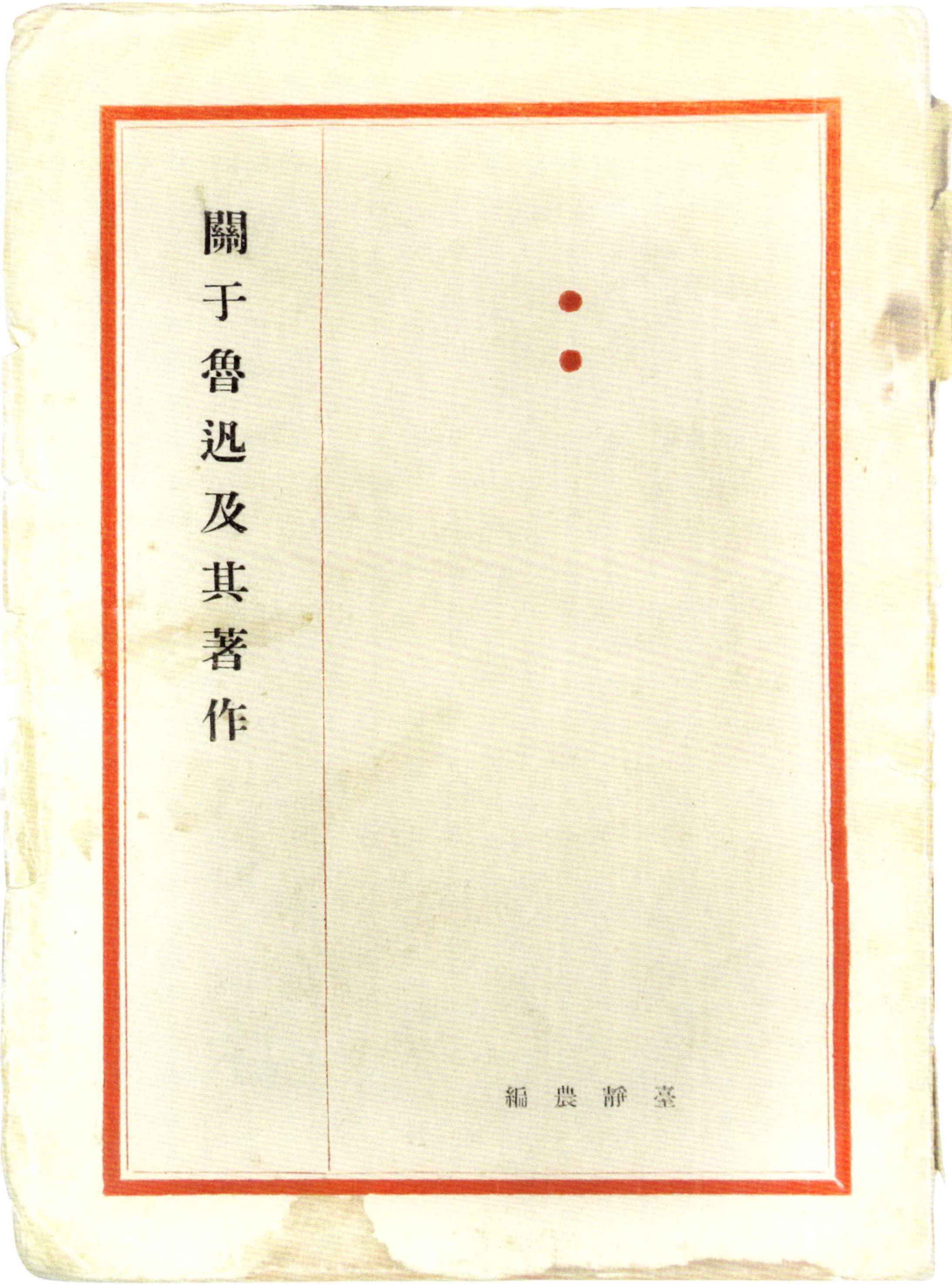


台静农其他资料·所编《关于鲁迅及其著作》书影

# 人彘

静農

這次魯彥北來，真是我所夢想不到的；因為我從不會幻覺到江南的詩人，又重行來到這長天寥濶的北京！

從黃昏我們握手以後，直到晚鐘十下，我們絮語却沒有一刻的停止。我偶然將魯迅先生對他●作品的稱讚了，他便瘋狂一般的要我同去作魯迅先生的晚間來客。

我是向來不會記憶我所走过的路，尤其是在晚間；所以魯迅先生的住宅，在白天我或可找到，在晚間却使我為难了。

我们走到一个似曾相識的巷中，遍在人家的門前摸索，敲錯了兩家的門，幸而未遭譴責。最後走到一座警查的小房，說了許多勞駕勞駕，才教他們讓我在住户簿上查得了，原來还在前面的胡同。

蹲踞在長的黑暗的胡同裡，我的心委實有点恐怖；陰風森然吹过，我的全身頓時打了一个寒战。

老是盼望前面有人行走，或是有灯籠来，終於没有，我們只有身子互相依偎，手緊々的握着。

呼呼的声音，偶然的出現在我們的面前，我以為是狗，是一條狠大的狗；不然，来勢决不会那樣的急燥与沉重。四肢呼々的響，如秋風掃黄葉一般，直爽的喘息，顯出野蠻的獸性；在我們無意中，牠傲然的在我們足下扒过。

牠是过去了，順便留下了狠大的恐怖！牠有比狗还大的

第　頁

黑影，在不平而潮湿的地上蠢蠢的移動。魯彥常看驚異的问我是什么，我立刻知道了，我說那是火雞！我的声音很低微，因为恐怖依旧是環繞着我。在緊急的青兒香見了白猫的猫直立在黑暗裡，我很快的跑到门前将门環用力的敲了几下，我的勝氣也随着门環的響亮雄壯了。牠不如狗，甚至於一條小而且癩的狗，居然我们被牠嚇驚了，真是恥辱！忽然我的心是平息跳動，可是想到這裡，臉上却發了热。同时我又努力的遏止，陪着他们高談狂笑，有的恐怕他们知道了這件恥辱！為什么社會容許這等用而且討厭的人雞存在？在回途中我默默的想，我的仇恨却因之擴大了！

在第二天的晚間，想到前一晚上的事，不特仇恨没有消滅，且加增成分。

為了想解決這人類的问题，便翻了几本社会改革的书，终没找到我所要知道的；因而我益其相信我所擬的殲滅是最好不过的方法！

最後精神有点倦了，隨手揀了《呐喊》中的《孔乙己》，倚在枕上看了半頁，便昏昏的拉開被蓋睡了！

五月十九晚

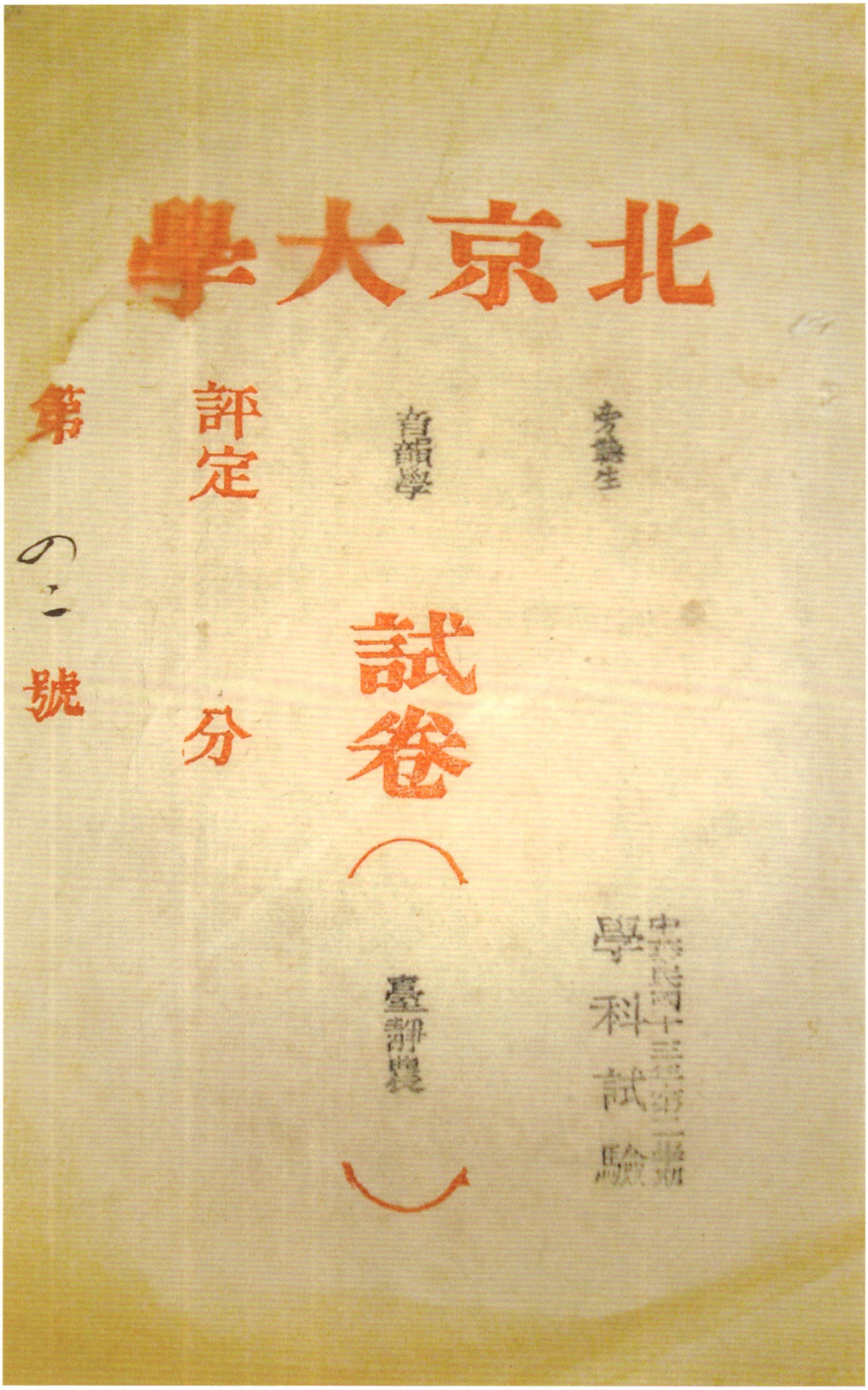


台静农其他资料·一九二四年第二学期北京大学音韵学学科试卷封面

# 謝承後漢書序

隋書經籍志：後漢書一百三十卷，無帝紀，吳武陵太守謝承撰。唐書藝文志同，又錄一卷，舊唐書志三十卷。承字偉平，山陰人，博學洽聞，嘗所知見，終身不忘；拜五官郎中，稍遷長沙東部都尉武陵太守；見吳志妃嬪傳注。謝書宋時已不傳，故王應麟困學紀聞自文選注轉引之；吳淑進注事類賦在淳化時，亦言謝書遺逸。清初陽曲傅山乃云其家舊藏明刻本，以校曹全碑，無不合，然他人無得見者；惟錢唐姚之駰輯本四卷，在後漢書補逸中，雖不著出處，難偁審密，而確為謝書。其後仁和孫志祖，黟汪文臺又各有訂補本，遺文稍備，顧煩襍入范曄書，不復分別。今一一校正，整為六卷，先四卷略依范書紀傳次第，後二卷則凡名氏偶見范書或所不載者，並寫入之。審隋志錄後漢書八家，謝書最先，艸創之功，足以偁紀；而

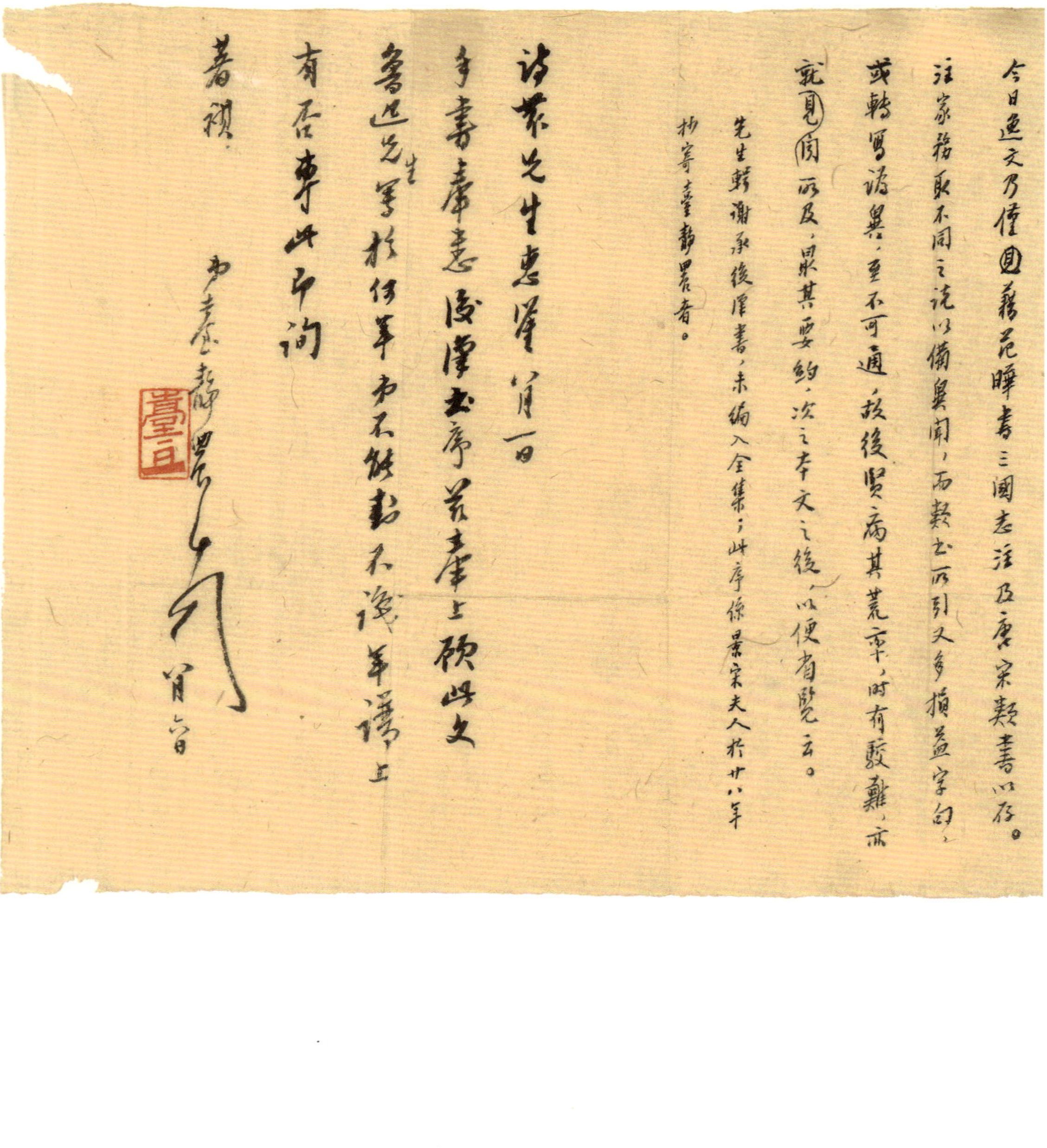

今日遺文乃僅藉范曄書三國志注及唐宋類書以存。
注家務取不同之說以備異聞，而類書所引又多損益字句，
或轉寫訛異，至不可通，故後賢病其荒率，時有駁難，亦
就見聞所及，舉其要約，次之本文之後，以便省覽云。

先生輯謝承後漢書，未編入全集；此序係景宋夫人於廿八年
抄寄臺靜農者。

詩荃先生惠鑒 十月一日
手書奉悉 後漢書序奉上 頃此文
魯迅先生寫於何年 弟不能斷 不識年譜上
有否 專此即詢
著祺。

弟臺靜農頓首 十月七日

释文

诗农先生惠鉴：

八月一日手书奉悉。《后汉书·序》兹奉上；顾此文鲁迅先生写于何年，弟不能知，不识年谱上有否？专此即询

著祺

弟台静农 顿首 八月六日

## 谢承《后汉书·序》

《隋书·经籍志》：《后汉书》一百三十卷，无帝纪，吴武陵太守谢承撰；《唐书·艺文志》同，又录一卷，《旧唐志》三十卷。承志（字）伟平，山阴人，博学洽闻，尝所知见，终身不忘；拜五官郎中，稍迁长沙东部都尉武陵太守；见《吴志·妃嫔传》并注。《后汉书》宋时已不传，故王应麟《困学纪闻》自《文选》注转引之；吴淑进注《事类赋》在淳化时，亦言谢书遗逸。清初阳曲傅山乃云其家旧藏明刻本，以校《曹全碑》，无不合，然他人无得见者；惟钱唐姚之骃辑本四卷，在《后汉书补逸》中，虽不著出处，难偁审密，而确为谢书。其后仁和孙志祖黟汪文台又各有订补本，遗文稍备，顾颇杂入范晔书，不复分别。今一一校正，釐为六卷，先四卷略依范书纪传次第，后二卷则凡名氏偶见范书或所不载者，并写入之。案《隋志》录《后汉书》八家，谢书最先，草创之功，足以偁纪；而今日逸文乃仅藉范晔书《三国志》注及唐宋类书以存。注家务取不同之说以备异闻，而类书所引又多损益字句，或转写讹异，至不可通，故后贤病其荒率，时有驳难，亦就闻见所及，最其要约，次之本文之后，以便省览云。

先生辑谢承《后汉书》，未编入全集；此序系景宋夫人于廿八年抄寄台静农者。

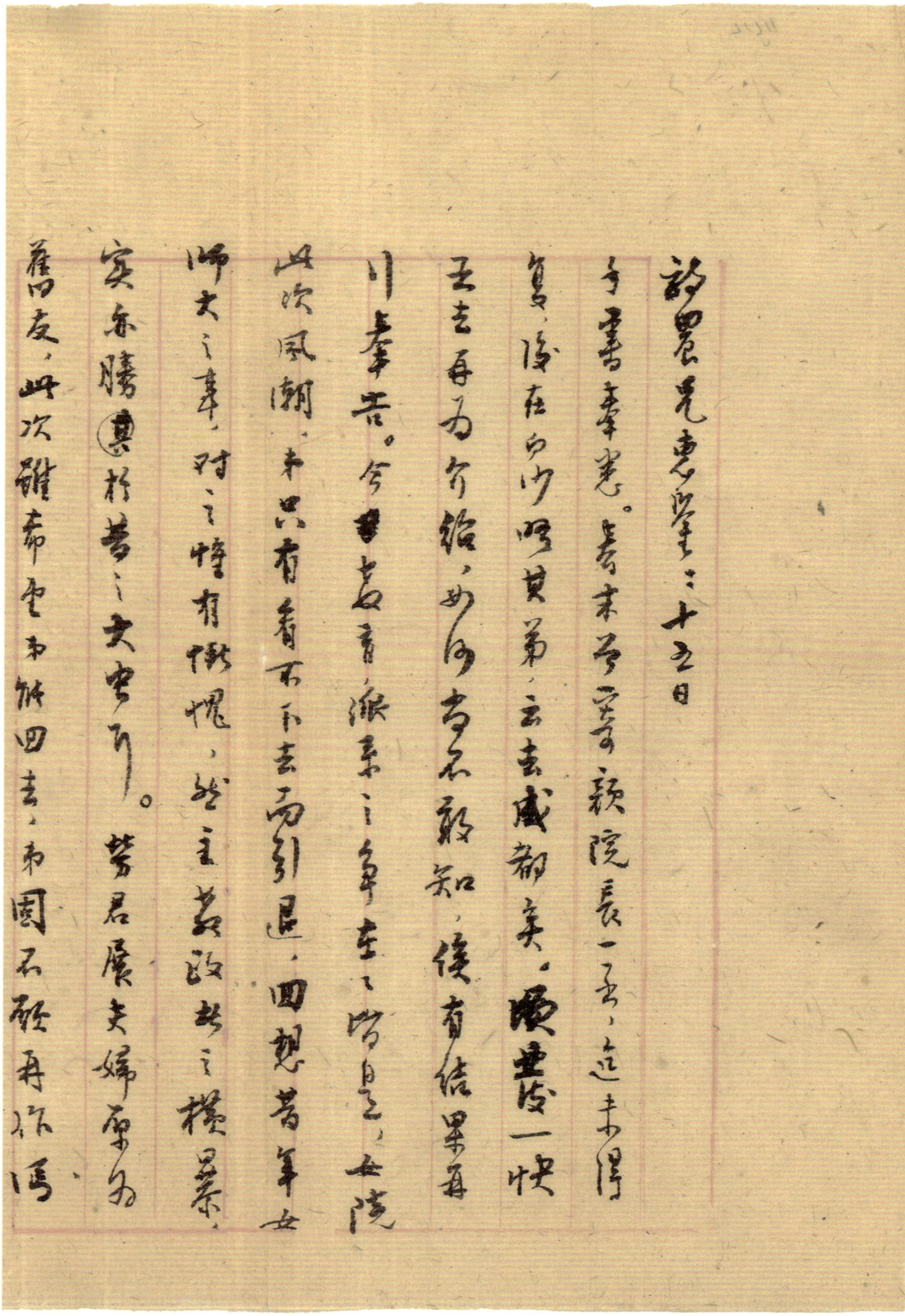

諦晨兄惠鑒：十五日

手書奉悉。去歲曾寄許院長一函，近來得

覆，謂在白沙時其弟云去成都矣，頃寄一快

函去再為詢，如何亦不能知，倘有結果再

以奉告。今[illegible]喜音、派來之[illegible]之消息，如院

此次風潮，本只有看不下去而引退，因想昔年女

師大之事，對之情有慨愧，然主其政者之權畏，

實余勝(真)於昔之文字可。黄君展夫婦原為

舊友，此次離臺亦難回去，亦圖不能再作偽

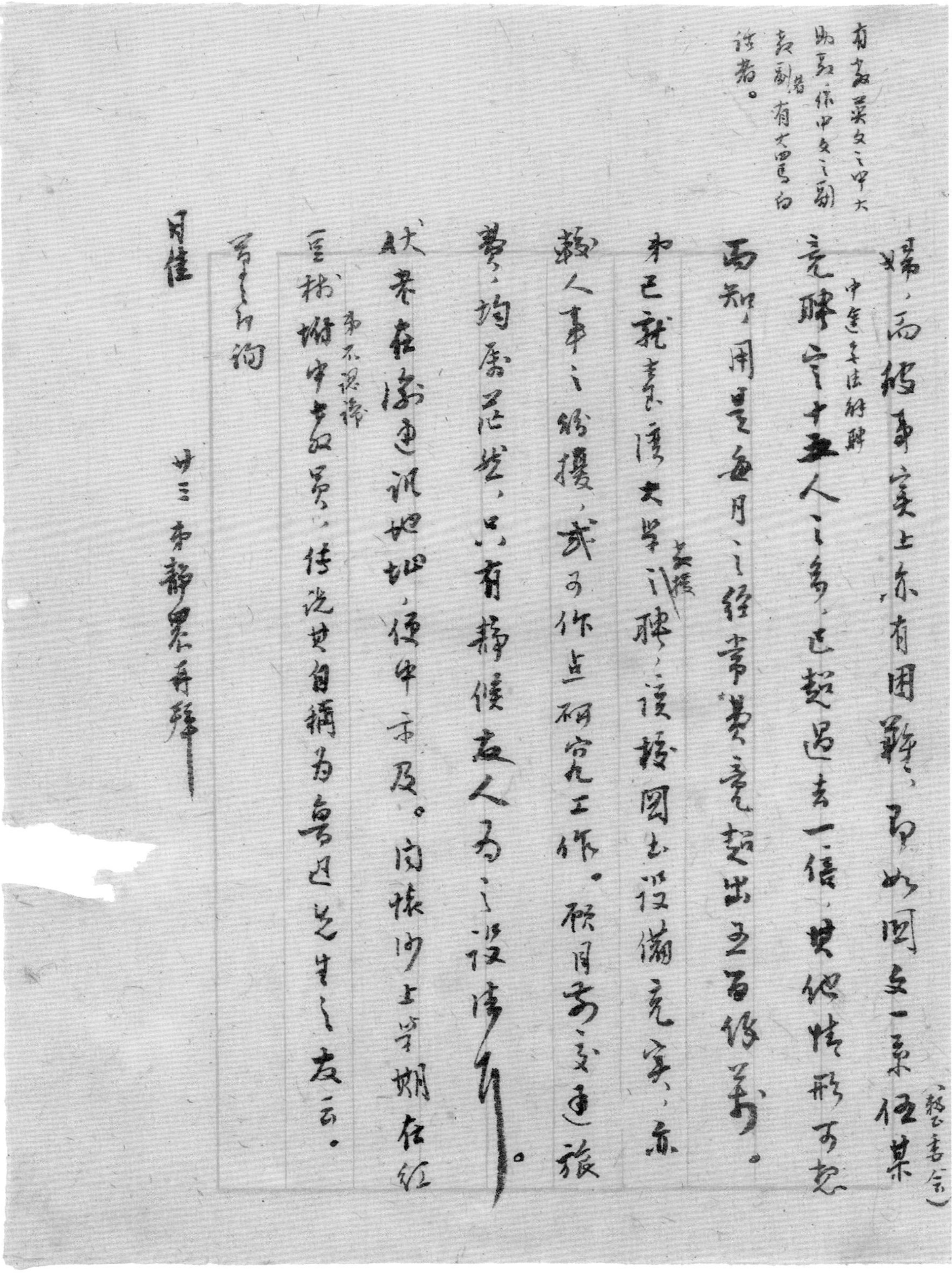

有志英文之中大助教，作中文之副教授，有大四高的註者。

婦、而經費實上亦有困難，即如國文一系任某

竟聘定十五人之多，近趨過去一倍，其他情形可想（中途多法解聘）

而知，用是每月之經常費竟超出五百余萬。

如已就青廣大學之聘，（兼授）後接圖書設備充實，亦

難人事之縈擾，或可作點研究工作。頗有[illegible]逐旅

費，均屬茫然，只有靜候友人為之設法耳。

故老在滬，速訊[illegible]，便中示及。閩悵河上之學姻在紅

至樹增中去取員，傳說其自稱為魯迅先生之友云。（弟不認識）

[illegible]詢

日佳

廿三　弟靜農再拜

## 释文

诗农兄惠鉴：

十五日手书奉悉。春末曾寄颜院长一函，迄未得复，后在白沙晤其弟，云去成都矣。顷发一快函去再为介绍，如何尚不敢知，俟有结果再行奉告。今日教育派系之争，在在皆是。女院此次风潮，弟只有看不下去而引退，回想昔年女师大之事，对之惟有惭愧。然主教政者之横暴，实亦胜于昔之大虫耳。劳君展夫妇原为旧友，此次虽希望弟能回去，弟固不愿再作冯妇，而彼事实上亦有困难，即如国文一系，伍某（整委会）竟聘定十五人之多中途无法解聘，已超过去一倍。有教英文之中大助教作中文之副教副［授］者，有大骂白话者。其他情形可想而知。用是每月之经常费竟超出五百余万。弟已就台湾大学教授之聘，该校图书设备充实，亦较（少）人事之纷扰，或可作点研究工作。顾目前交通旅费，均属茫然，只有静候友人为之设法耳。伏老在渝通讯地址，便中示及。闻怀沙上学期在红豆树附中教员（弟不认识），传说其自称为鲁迅先生之友云。

草草即询

日佳

弟静农再拜

廿三